書下ろし

長編時代官能小説

乱れ菩《ぼ》薩《さつ》

闇斬り竜四郎

谷 恒生

祥伝社文庫

目次

第一章　魔剣

1

足音が二階をあわただしく駆けあがってくる。

影月竜四郎は反射的に夜具から軀《からだ》を起こした。麻だが、糊《のり》のきいた寝間小袖《ねまこそで》をまとっている。雪乃《ゆきの》が用意してくれたものだ。寝間小袖には、油光りするほどの鍛《きた》え抜《ぬ》かれた筋肉質の軀が包まれている。

「竜さま」

雪乃が咳込《せきこ》むようにして、乱暴に襖《ふすま》をあけた。

六畳間の隅に、常夜灯燈《あんどん》がぼんやり灯《とも》り、黄ばんだ光をただよわしている。

すでに九つ（午前零時）をまわっている。

「竜さま」

雪乃は崩《くず》れるようにして竜四郎にすがりつくと、はげしく唇を求めた。表情豊かな冴《さ》えた瞳が、発情した雌猫《めすねこ》のようであった。

竜四郎は雪乃の接吻に積極的に応《こた》えた。おたがいの唾液《だえき》がからみ合い、舌が軽やかに躍《おど》った。

雪乃が甘くうめいた。すぐに感じる女なのだ。

竜四郎は、雪乃の初夏らしい若葉色のえりもとに手を差し入れた。張りのつよいひきしまった乳房を下から掬《すく》いあげるようにして掌《てのひら》に包みこみ、優しい感じで柔らかく揉みしだく。ふっくらした乳房の頂《いただ》きの乳首が、たちまち、かたくしこりはじめた。乳首から肌の深部へ甘美な快感が電流のように注ぎ込《こ》まれていくのだろう。

雪乃は上野広小路の『大黒屋』という料理茶屋ではたらいている。大黒屋は料理茶屋のなかでも名の通った高級店で、幕府の官僚、諸藩江戸留守居役《るすいやく》、大身《たいしん》の旗本、江戸財界の巨頭、裕福な商家の旦那など、客筋もいたってよろしい。

そうした高級料理茶屋の仲居《なかい》というのは、愛想や愛嬌《あいきょう》、器量がよくなければ雇《やと》ってもらえない。江戸には、女など掃《は》いて捨てるほどいるのだ。

上野広小路の大黒屋の仲居ともなれば、世間のあつかいもちがう。商家の旦那が、倅《せがれ》の嫁にというはなしもあれば、諸藩の侍に自分の女房になってくれと懇願《こんがん》されることもある。

もとより、大商店の旦那が囲い女《かこいもの》になってほしいというはなしは、いくらでもころがっている。

諸藩江戸留守居役の江戸妻というのも、ぞんがい多い。

つまり、高級料理茶屋の仲居は、男に不自由しないのである。

やがて、雪乃は竜四郎から唇をはなすと、深い吐息をついて媚《こ》びるように笑い、夜具の裾《すそ》のあたりに背を向けて立った。

雪乃は日本橋の酒問屋の旦那に、十両で抱かれてきたのである。歯のない唇で、全身をくまなく舐《な》めまわされた。歯のない唇はナメクジのようで、なんとも気色がわるい。

それだけに、なんとしても早く、竜四郎のたくましい軀に抱かれたかったのだ。

竜四郎もそのことを十分に心得ている。雪乃を満足させてやれば小遣《こづか》いもはずんでくれるだろう。その日その日を生きていかなければならない痩《や》せ浪人とは、さもしいものなのである。

雪乃が絹の擦《す》れる音をたてて手際《てぎわ》よく帯を解く。若葉色の小袖が長襦袢《ながじゅばん》ごと、きめこまかい白いからだからすべり落ちていく。

雪乃の肌は名前のとおり、雪のように白く、乳房に張りがあり、腰のくびれがなやましい。

雪乃はそのまま竜四郎に向き直り、白い歯をみせてはにかむようにほほえんだ。腰にはまだ蘇芳《すおう》色の二布《ふたの》がまとわりついている。

「竜さま」

雪乃が竜四郎にしどけなく寄り添った。竜四郎の手が乳房にのびる。乳房はわずかなたるみもみせず、くっきりとした稜線《りょうせん》を描いている。一カ所を指でつよく押すと、全体が揺れるだけのみごとな張りをもっていた。乳首と乳暈《にゅううん》は美しい淡紅色だった。

雪乃はおのれの両の乳房を竜四郎に摘《つま》ませておいて、手をのばし、寝間小袖の上から股間を押さえた。

「ご立派、それに、とても、硬《かた》いわ」

雪乃が白く細い喉をひきつらせるようにしてくくっと笑った。竜四郎の一物は、さきほどから怒張しっぱなしなのである。

「雪乃」

竜四郎は雪乃の肩を抱き寄せた。嫋《しな》やかな躰《からだ》である。餅肌《もちはだ》というのだろう。肌は柔らかいくせに、独特のねばりがある。

竜四郎は乳房を揉みしだき、指の股に尖《とが》って固い乳首をはさみつけて刺戟《しげき》し、膨《ふく》らみをわざと乱暴に揺さぶった。

「ああ、ううん、ううん、ううん」

雪乃の唇から甘美なあえぎが途切れ途切れに洩《も》れる。すでに二十五歳だ。熟《う》れきった女体といっていい。

竜四郎は雪乃を夜具の上に仰向けに押し倒すと、そそり立った乳首を唇にふくんだ。

「ああ……気持いい、雪乃、乳首、感じますの」

雪乃は、はばかりのない声をあげる。背筋をねじるようにしならせる。

汗ばみ、ほんのり紅《あか》く染まり、快感に酔い痴《し》れて奔放《ほんぽう》に乱れる女体ほど淫蕩《いんとう》なものはない。

「ああ……竜さま」

雪乃は濡《ぬ》れた声でつぶやくと、竜四郎の股間に手を泳がせた。硬く猛《たけ》った一物を捉《とら》えた手は、そのまま、ふぐりに移った。技巧を凝《こ》らしてふぐりを揉み、それから、怒張した一物をしごきあげた。雪乃の手はしきりに竜四郎をうながしているようであった。

（もうすこし酔わさねば、拙者のほうが疲れきってしまうわ）

竜四郎は切れ長な眼のふちににがそうな笑みをにじませ、雪乃の下腹部に手を這いおろすと、墨色のふさふさした恥毛の下の女の部分にそっと指先で触《ふ》れた。

雪乃の秘処は、熱く膨らみあがり、切れ込みの外まで蜜をあふれさせていた。

竜四郎は指で秘処の切れ込みを割り、ぬめりをからませながら、秘処の内部に没入させた。

雪乃は腿《もも》をいっぱいにひろげた。竜四郎の指を迎えた肉襞が切なげに息づきはじめた。

竜四郎は指を抜くと、雪乃の秘処に顔を寄せ、内部からただよい出てくる濃密な女の匂いを存分に嗅《か》いだ。

「ああ、堪忍……竜さま」

雪乃は哀《かな》しげな声をあげて、首を左右に打ち振った。はやりのしゃこ髷《まげ》が乱れ、二筋、三筋と頰にからんでいる。腰のくびれが鳥肌立ってこまかく慄《ふる》え、身もだえが狂おしい。

(まだ、これからだ)

竜四郎の眼がにぶく光った。熟《う》れた女を堪能《たんのう》させなければならないのだ。それには、吉《よし》原《わら》で花魁《おいらん》から伝授《でんじゅ》された閨技《ねやわざ》を駆使する必要がある。すなわち、ここからが竜四郎の本領なのだ。

竜四郎は雪乃の内腿に唇と舌を這わせた。

「ああ……ああ……」

雪乃は絶え入りそうな声を洩らしながら、腰を浮かし、膝を立てた。うるみをたたえて光る秘処のはざまが、あざやかな色にかがやいている。熱気と甘く熟れた香りが、秘処の深みから立ちのぼってくる。

竜四郎の舌が秘処の切れ込みのふちをようやくなぞりはじめた。生あたたかいうるみが舌の先にひろがった。舌はそこから割れ目を押し分けながら、上に進んだ。

竜四郎の舌に、やわらかい花びらのようなものがまつわりついてくる。雪乃のあえぎは、かたときも止まらない。もだえて、もだえて、悶《もだ》えぬいている。

竜四郎は濡れた秘処の花びらを舌でころがすようにしたり、唇で吸ったりした。吸われるたびに、花びらは唇の間で小さく躍《おど》り、やわらかくうねった。

竜四郎の舌が雪乃の秘処の上端の陰核に、獲物《えもの》をねらうように触れた。

「あっ、あっ、ああ……」

雪乃が不意打ちを食ったような金切《かなき》り声をあげた。鮮烈な快感が陰核に湧いたのだろう。全身がはげしくわななないた。

竜四郎は静かに掃《は》くようなやり方で、陰核に舌を当てがい、唇にふくんだ。雪乃の腰がせがむようにせりあがり、白いふくよかな腹が、はげしく波立ちはじめた。

竜四郎は片手を乳房にのばして、はげしく揉み立てた。舌の動きも積極的だった。

雪乃は箱枕から頭をはずして、嗚咽《おえつ》を洩《も》らしつづけた。その繊細で、とろけるような甘美な嗚咽が、竜四郎の欲情をたまらなく刺戟《しげき》した。

竜四郎は雪乃の陰核を舌技《ぜつぎ》で攻めたてながら、秘処の内部に指で愛撫を加えはじめた。そうすると、女はいっそう気持よいということを吉原の馴染《なじ》みの花魁《おいらん》から告げられたのである。

親指いがいの指をすべて動員して、竜四郎は雪乃の秘処に脂《あぶら》ぎった愛撫を加えた。ぐしょぐしょに濡れた秘処のはざまを這っていた指のひとつが、中心のやわらかいくぼみにわずかに沈められると、雪乃は一瞬、白目をむいて息を詰め、躰をこわばらせた。電流のような快感が脳天を突きぬけていったのかもしれない。沈められた指の先に、包み込んでくるような肉襞の力が加えられた。

竜四郎はここぞとばかりに指をすすめた。指はわずかな一進一退をくりかえしながら、やがて、弾力のある肉の環《わ》のような部分をくぐりぬけた。

「竜さま、竜さま、お情けを……ああ……」

雪乃はうわ言のように口走りつつ、竜四郎の頭を両手ではさみつけた。

竜四郎の指は、雪乃の秘処の熱い内部の天井を押すともなぞるともつかないやり方で攻めたてている。

雪乃の呼吸は乱れに乱れ、悶えかたにも歓《よろこ》びの深さがみてとれるようだった。

竜四郎は雪乃の汗にまみれた乳房をしっかりとつかみ、陰核につよく唇を押しつけ、秘処の中の指を静止させて、雪乃の歓喜の鼓動と波が退《ひ》くのを待った。

ほどなく、竜四郎は雪乃の腿のあいだに軀を割りこませて、深々と貫いた。

「ああ……いい……いい……」

雪乃が悩乱したような声をあげてしがみつき、腰を狂ったように打ち振った。竜四郎の軀の下で、雪乃の汗のしたたる白い肌が弾《はず》んだ。

竜四郎は地の底から噴《ふ》きあがるような絶頂感覚とともに、雪乃の内部にしたたかに放出した。

2

「竜さま、ごはんの用意ができていますよ。いい加減にお起きになって」

雪乃が襖を開けて声をかけた。

「そうか」

竜四郎は夜具から軀を起こした。寝乱れた寝間小袖のえりもとを直すと、二階から階段をおり、手拭《てぬぐ》いを肩にひっかけて台所の横の裏口から外に出た。

つるべ井戸の水を汲み、ざぶざぶと顔を洗う。月代《さかやき》もだいぶのびている。頬には、うっすらと不精ひげが生えていた。

すでに陽がだいぶ高い。

影月竜四郎はまぶしそうに中天に昇っている初夏の太陽を見た。貧乏浪人には初夏の熱い太陽はまぶしすぎる。

顔を洗って着替えをして、居間に戻ると、食膳がでていた。

竜四郎はごくりと生唾《なまつば》をのみこんだ。どうしようもないすきっ腹であった。

湯気がたちのぼっている熱いめし、イワシの丸干し、イカの沖漬《おきづ》け、それに菜の味噌汁と大根の切り漬けである。イカの沖漬けは、料理茶屋からいただいてきたものだろう。

いずれにしても、痩せ浪人にはこの上ない食膳であった。竜四郎のような尾羽《おは》打ち枯らした浪人は、めし屋で米と麦が五分五分のめしとうすい味噌汁、それに漬物が二枚の定食を食う。めしに漬物をのせ、味噌汁をぶっかけてすすりこむ。

それで終わりである。味もそっけもない。

竜四郎は雪乃の用意した食事を野良犬のようにがつがつと食った。このために、昨夜、閨技を駆使して雪乃の熟れた女体に奉仕したのだ。それも、二度も放出したのである。

雪乃は機嫌のよさそうな笑顔で、食事をしている竜四郎を見守っている。

竜四郎はさすがに、三杯で箸《はし》を置いた。いくらでも腹に入るが、なんとなくみっともない。

熱いお茶をのみ、雪乃の朱羅宇《しゅらお》の煙管《きせる》で莨《たばこ》を吸う。毎日、このように暮らしていられればどれだけ楽かしれない。そうはいかないのが日々の暮らしである。

甘えすぎると、女に嫌われる。それは肝《きも》に銘《めい》じてある。

「馳走《ちそう》になった」

竜四郎は腰をあげた。

「まだよろしくってよ」

雪乃が甘えるように竜四郎の肩に手をかけた。色っぽく首すじに頬ずりする。

「いささか用があってな」

「そうですか、それじゃ、ひきとめませんわ」

雪乃は紙入れから一分銀をとりだし、竜四郎の掌《てのひら》に握らせた。

「いつも、すまぬな」

「昨夜、気を入れて可愛がってくれたから」

雪乃が嬉しそうな目許《めもと》をなごませた。満ち足りている様子である。

大刀をずかりと腰に差し、かなり底のすり減った雪駄をつっかけて外に出る。

雪乃が玄関まで送ってきた。せまいながらも、れっきとした庭付きの二階家である。金持の客と寝れば十両になるのだ。当然といえば当然だろう。

「ではな」

「また、いらして」

竜四郎はかるく手を振ると、雪乃に背を向けてぶらぶら歩きだした。痩せ浪人に用事などあるはずもない。

菊水《きくすい》横町を浅草広小路に向けて歩をすすめていく。

このあたりは稲荷町《いなりちょう》である。といって、有名な稲荷があるわけではない。

江戸市中には、五千からの稲荷があるといわれている。それほど信心深いとも思えないが、江戸の人々はよほど稲荷が好きなのだろう。

武家の屋敷や大きな商家の屋敷内にも、稲荷は少なくない。だが、ほとんどが参詣者を受けつけない。たぶん、その稲荷を自分のものだけにしておきたいのだろう。とはいえ、はたして御利益《ごりやく》があるかどうかはわからない。

稲荷町からしばらく歩くと、影月竜四郎の住んでいる田原町《たわらまち》の胴切《どうぎり》長屋がある。

田原町には長屋が多い。それも日当たりのわるいじめじめした貧乏長屋である。

大仏《だいぶつ》長屋、源水《げんすい》横町、杵屋《きねや》長屋、犬糞《いぬのくそ》横町というのまである。もとより、長屋の住人は貧乏人ばかりだ。

竜四郎は住まいの胴切長屋をやりすごし、本願寺沿いの道から大川に架かっている吾妻《あずま》橋へ向かっていく。なにをするわけでもないが、めしのタネになりそうなことにでもでくわせればよいと思っている。

貧乏浪人にとっては毎日の暇《ひま》つぶしも大変なものである。

吾妻橋をわたって大川畔を歩く。

竜四郎はあごをざらりとなでた。先日、津軽越中守《つがるえっちゅうのかみ》の下屋敷の中間《ちゅうげん》部屋の賭場でめずらしく勝ったとき、翌日、湯島の古着屋で初夏物の淡茶《うすちゃ》の縞の着物に買い替えたおかげで、それほどむさくるしい身装《みなり》をしているわけでもない。

それに、雪乃からせしめた一分銀もある。痩せ浪人にすれば、一分銀は大きなカネである。当分、めしに困らない。

大川の川風がここちよく首筋をなでていく。

「竜四郎の旦那」

辻堂の横から濁《にご》った声がかかり、ずんぐりしたあそび人風の男がにやにやしながら竜四郎に歩み寄ってきた。おもながな顔は、小さな眼が油断がなさそうだ。

茄子紺《なすこん》の着物のゆるい胸もとに、きつく巻いた晒木綿《さらしもめん》がのぞいている。はねた上前《うわまえ》の裾を茶の帯にすこしばかり突っ込んでいるのは下に着こんでいる浴衣《ゆかた》地の三津五郎縞を見せつけようとしているのだろう。

「なんだ、丑松《うしまつ》か」

竜四郎が気のなさそうな声でいった。あまり好きではないらしい。

暗闇の丑松という。以前は腕のよい料理人だったが、いまではつまらない闇働きをする埒《らち》もない小悪党である。下谷《したや》から浅草、両国にかけて顔を利《き》かす破落戸《ごろつき》といってかまわないだろう。

「女だね」

暗闇の丑松は小腰をかがめるようにして、竜四郎の横顔をのぞき込み、口もとにくえない笑いをにじませた。

「竜さんは、にがみ走ったいい男だからな、女がほっとかねえさ。二枚目ってやつは、得にできていやがるもんだぜ」

そういうと、丑松は足もとの小石をいまいましげに蹴《け》りとばした。

「なにいってやがる。拙者はいつだって素寒貧《すかんぴん》さ」

竜四郎が頬のあたりに手をあてがった。十数年におよぶ浪人暮らしの疲労はただよっているが、なるほど、精悍《せいかん》な風貌《ふうぼう》である。背丈も五尺七、八寸はあるだろう。雪乃が抱かれたがるのも無理はない。

おもながな貌《かお》は、濃い眉が左右に流れ、睫毛《まつげ》の長い眼は冴《さ》えて涼しく、鼻梁《びりょう》は高く、薄い唇は一文字なりにひきしまっている。

「これで、剣術の腕がすさまじいっていうんだから、うらやましいかぎりよ。なにしろ稲《いな》妻《ずま》の竜《りゅう》の名は、江戸剣術界にとどろいているんだからな」

丑松がへちまのような鼻に数本の小皺《こじわ》を寄せた。

「その稲妻の竜も、剣じゃめしが食えないご時世さ。抜刀田宮流といったって、屁《へ》のつっかい棒にもなりやしねえ」

竜四郎が嚙んで吐きだすようにいった。口入れ屋からまわってくる仕事の大半は、抜刀田宮流の腕を見込んでの博徒《ばくと》の用心棒か、商家の旦那の身辺警護で、それも、たかのしれたカネにしかならない。

影月竜四郎が火を噴くごとくに猛然な修行《しゅぎょう》に明け暮れた抜刀田宮流の道場は、いまでも、赤坂田町《あかさかたまち》五丁目の堀沿《ほりぞ》いにある。とはいえ、竜四郎は仕えていた信濃高遠《しなのたかとお》藩が幕府の謀略によって取り潰されていらい、いちども、田町五丁目の抜刀田宮流の道場にからだをはこんでいない。

抜刀田宮流は、上州岩田村の人、田宮平兵衛重正《しげまさ》を祖とする。居合いとしては超一流の達人である。

赤坂田町五丁目の道場は、田宮平兵衛直系の朝比奈夢道貫泰《あさひなむどうぬきやす》が道場主をつとめていた。いまでは、嫡子《ちゃくし》の朝比奈祐一郎が継《つ》いでいるはずであった。

影月竜四郎はめきめき頭角をあらわし、二十歳で師範代を許されるほどの腕になっていたのである。本人は手をふって笑うが、剣術の天稟《てんぴん》があるとしかいいようがない。

浪人して数年後、影月竜四郎に道場を開いてみないかという人物があらわれたことがある。

浅草広小路の盛り場で破落戸《ごろつき》どもに難癖《なんくせ》をつけられている娘を助けた縁で知り合った京橋の呉服屋であった。

呉服屋の申し出を「拙者は道場主の器《うつわ》ではござらぬ」と、竜四郎はやんわりことわった。

おくゆかしいというわけではないのだが、影月竜四郎はおのれの剣技をひけらかすようなことをしない。むしろ、一機閃電《いっきせんでん》ともいうべき抜刀田宮流の腕をかくしているきらいがある。

竜四郎と暗闇の丑松は肩を並べて、両国広小路にむかって歩をすすめた。

両国広小路は下町最大の盛り場で、掛《かけ》小屋がたくさんあり、相撲《すもう》の興行も行なわれ、料理屋や飲み屋、めし屋のたぐいも路地という路地に数多く軒を連ね、たいそうなにぎわいであった。

もとより、岡場所がいたるところにあり、矢場娘の春色を斡旋《あっせん》する楊弓《ようきゅう》場《じょう》、見世物小屋なども目につく。

「竜さん、うまい儲け話があるんだがね」

暗闇の丑松が目尻に垢《あか》じみた笑みをにじませた。

「深川の酒問屋の番頭が店の金を使い込みやがってね。その金を吉原の花魁にいれあげちまったのさ」

丑松の眼が剣呑《けんのん》に光った。

「その番頭を締めあげて、店の金を脅《おど》し取るってのはどうでえ」

「いやなことさ」

竜四郎が不快げに眉をひそめた。

「神田・小川町の味噌問屋の内儀《ないぎ》と番頭ができていて、旦那に知れたら、二人とも叩きだされるところだろうが、二人を脅せば五両や十両のカネになるってもんだ」

「丑松、いつもながら、けちくさくて薄汚ねえ悪事だな。悪事ともいえないだろうぜ」

竜四郎が鼻先でせせら笑った。

「おいらにも、稲妻の竜ほどの腕がありゃ、辻斬りでもなんでも、するんだがな」

暗闇の丑松が本音《ほんね》とも冗談ともつかぬ口振りでいった。

「馬鹿なことをいうな。辻斬りほど割りの悪いものはないんだ」

竜四郎が丑松を睨みつけた。本気で怒っているのだ。

浪人仲間に、辻斬りに手をだした奴が大勢いる。そのほとんどが、小塚《こつか》っ原《ぱら》の首台に首をさらしてしまった。

辻斬りというのは、楽ではない。人間一人を斬るのは、すさまじいばかりの精力を費やすものなのだ。しかも、当たり外れが大きい。斬り殺したはいいが、そやつの懐《ふところ》をさぐれば小粒しかでてこなかったというのがしばしばである。

だいたいにおいて、この物騒な世の中に、大金を懐中にして人気のない夜道を歩く者など、いるはずがないではないか。その上、どじを踏んで、他人《ひと》に顔を見られでもしたら、風をくらって江戸から逃げださなくてはならない。

「それはそうと、竜さん」

丑松が竜四郎の耳もとに顔を寄せてささやいた。

「山谷堀《さんやぼり》に架《か》けられた今戸《いまど》橋をわたって、その先の待乳山聖天《まっちやましょうでん》の下の道に、このところやけに辻斬りが出やがるのさ。それも、すさまじい腕でいずれもひと太刀で斬り殺されたそうだぜ」

「ふむ」

竜四郎は複雑なおももちであごに手をやった。凄腕《すごうで》の剣士独特のカンがなにかしらはたらいたのかもしれない。

待乳山は、たいした山ではない。ちっぽけなというべきだろう。長い石段を昇ると、頂《いただ》きに社殿があり、待乳山聖天が祀《まつ》ってある。

正式には『大聖歓喜自在天』という。頭部は象で、軀《からだ》は人間の立像で、単身と双身がある。

双身は男神と女神が抱き合い、男女の愛のかたちをあらわしている。

社殿の裏にまわると、眼下に大川が流れ、荷舟が頻繁《ひんぱん》に初夏の水色の川面を往来している。吉原へわたる猪牙《ちょき》も多い。

待乳山の下のあたりは、夜ともなれば分厚い闇におおわれ、人通りがほとんど絶える。たまに、吉原帰りの嫖客《ひょうかく》を乗せた辻駕籠《つじかご》が掛け声とともに通るくらいである。

「今年に入って、すでに三件、辻斬りに町人が斬り殺されたらしいぜ」

暗闇の丑松が茄子紺の着物の右袖を肩までたくしあげた。

「岡《おか》っ引《ぴき》の今戸の文次《ぶんじ》のはなしじゃ、斬り殺された三人の町人は、商家の旦那、それに鳥《とり》越《ごえ》の大店者《おたなもの》、南千住《せんじゅ》の下駄屋《げたや》の職人で、そいつらの財布はふところに残っていたんだとよ。商家の旦那いがいはたいした銭を持っちゃいめえが、それにしてももったいねえ。冥《めい》土《ど》へ渡っちまった連中には、銭はいらねえからな」

丑松がおしそうに厚手の唇をゆがめてみせた。この無頼漢は、頭の中に銭のことしかないらしい。

「では、商家の旦那、鳥越のお店者、下駄屋の職人は、試し斬りされた公算がつよいってわけだな」

竜四郎の眼が冴えた光を発した。

「今戸の文次がどれだけ躍起になっても、八丁堀の同心どもは重い腰をあげようとしねえんじゃねえかな」

「竜さん、よくご存知だね」

丑松が感心したように竜四郎の刻《きざ》みのするどい横顔に眼をやった。

「待乳山下の辻斬りは、物盗《ものと》り目的じゃないせいか、同心たちが身を入れて捜査しねえって、今戸の文次がこぼしていたぜ」

今戸の文次は竜四郎とも顔見知りで、女房に雪駄や下駄、草履《ぞうり》などのはきもの屋をやらせている。当時の十手持ちの常で、岡場所やしけた博奕場《ばくちば》に十手をちらつかせながら顔をだしては、わずかな鼻薬《はなぐすり》をせしめてまわっている。それが、給金のない岡っ引の役得なのである。

「その待乳山下の道に出没する辻斬り、かなりの身分の侍かもしれんな」

竜四郎はかたいおももちで、口の中でぼそぼそとつぶやいた。なにか、魂胆があるのかもしれない。

3

竜四郎と丑松は連れ立って両国広小路に近づいていった。

すでに陽が高い。昼めし時である。だが、竜四郎は稲荷町の雪乃の家でおそい朝食をとったため、腹は減っていない。丑松はそばでもすすりたそうであった。当然、竜四郎は丑松を無視した。そばをおごってやる義理など、どこにもない。

それに、ふところの一分銀は、いわばかなりの精力をつかって二度も雪乃を歓《よろこ》ばせた報《ほう》酬《しゅう》なのだ。おいそれと使うわけにはいかない。貧乏浪人にとって、カネほど貴重なものはないのである。

両国広小路は、今日も繁華であった。初夏の風にさそわれるようにしてやってきた人々の顔も陽気で楽しげだった。

大通りの両側には、両替屋、金屋、貴金属屋、かんざし屋、櫛《くし》屋、化粧品屋など貧乏な庶民には縁のない店が軒を連ねている。

脇道に一歩入ると、酒屋、油屋、塩、醤油味噌屋、惣菜《そうざい》屋といった店が並んでいる。質屋もずいぶん目につく。この不景気では質屋にかけこむ者も多いだろう。

両国広小路は、さすがに織《お》るような人波である。丁稚《でっち》と手代を供に従えた商家の内儀《ないぎ》、振袖《ふりそで》姿に島田髷《しまだまげ》の町娘、深編笠《ふかあみがさ》の武士、使い馴《な》れた道具箱を肩にかついだ職人、前だれをかけたお店者《たなもの》、僧侶、絵師、水商売の女、さまざまな人々がせわしく両国広小路を往来している。

もとより、無頼漢やけだもののような痩せ浪人も、物陰にいくらでもいる。

路地や街角からは、罵《のの》り合うような職人たちの喋り声や行商人のかん高い声がひびいてくる。

両国広小路の繁華街にはとげとげしい視線や漠然《ばくぜん》とした殺気も渦巻いているのである。飲み屋やめし屋が軒を連ね、いかがわしげな場所も多い下町の繁華街とは、そうしたものなのだ。

「ずいぶんと浪人が目立つようになりやがったぜ。これも、公儀の諸藩取潰《しょはんとりつぶ》し政策ってやつのせいか」

暗闇の丑松がちっぽけな眼に皮肉めいた笑みをにじませた。

ざっとひとわたり両国広小路の繁華街をみわたすと、浪人どもがいくらでも眼にとびこんでくる。

どいつもこいつも、煮しめたような継《つ》ぎはぎだらけの着物に、襤褸《ぼろ》のような袴《はかま》をはいている。

「浪人ってやつは、どうしてボロボロの袴をはいていやがるのかね。侍の体裁《ていさい》ってことかい」

暗闇の丑松が解《げ》しかねるというように小さく首をひねった。竜四郎は薄茶の縞の着流しであった。

右手の杉の木立にかこまれた小さな薬師堂の前に、口ぎたないわめき声があがり、みるみる人だかりができていく。

物見高い野次馬《やじうま》連中が眼をかがやかせて寄り集まり、それがたちまち後ずさりをして遠巻きになったのは、思いのほかにいさかいがはげしかったからかもしれない。

絵から抜け出てきたような色若衆を三人の無頼浪人が肩をそびやかすようにしてとりか

こんでいる。

「なんだ、浅野次郎左じゃないか」

竜四郎があきれたようにつぶやいた。仲間というわけではないが、深川や浅草の安いめし屋でしばしば顔を合わせる陰流《かげりゅう》の使い手という評判だが、評判ほどあてにならないものはない。

浅野次郎左衛門は、月代《さかやき》が伸び放題であった。格子縞《こうしじま》の黒っぽい着流しに、くすんだ灰色の帯を締め、大刀を一本、腰にぶちこんでいる。着流しの衿《えり》のあたりは、垢《あか》が黒光りして、汗くささがにおった。

のこる二人も、似たような身装《みなり》で、顔つきも似かよっていた。垢にまみれ、痩せて頰のげっそりと削《そ》げ落ちた顔はくすみ、けだもののような凶暴さをはらんでいた。

「貴様をこのあたりの陰間《かげま》(男娼)と見あやまったのは謝《あやま》る。だが、その薄笑いは一体、いかなる了見だ。人を見下しおって。われらは、浪人といえども武士ぞ」

浅野次郎左衛門は色若衆を威嚇《いかく》するように睨みつけた。吊りあがった細い眼は、餓狼《がろう》のような熱い炯《ひか》りを宿している。

色若衆の目尻に黴《かび》のような冷笑がにじんだ。

「そなたら、乞食浪人だな。金がほしければほしいといえ」

色若衆が平然としていった。すこし喉にからんでいるが、艶《つや》のある若々しい声であった。

「なんだと!!」

浅野次郎左衛門の血相が変わった。あとの二人も同様であった。

色若衆の目尻の冷笑は消えない。どこか病的な不気味さをはらんだ薄笑いである。

小柄《こがら》であった。

五尺そこそこだろう。

背丈《せたけ》は浅野次郎左衛門の肩あたりまでしかない。

美しく結《ゆ》いあげた若衆髷《わかしゅうまげ》である。彫《ほ》りの深い卵なりの顔は、血の青いすじが透《す》けてみえるほどに膚《はだ》が薄く、それが薬師堂のまわりの杉の木立の青さに映えて、すさまじいばかりの清らかさであった。

「貴様、乞食浪人とはなんだ。侮辱《ぶじょく》するにもほどがある。斬られたいか」

浅野次郎左衛門が歯を嚙み鳴らして、大刀の鯉口《こいぐち》を切り、ずいと詰め寄った。

色若衆は動ずるものではない。十分な余裕がみてとれる。

濃紫《こむらさき》の中振袖をまとっている。袴は浅黄《あさぎ》の鮫小紋《さめこもん》で、細身の朱鞘の大小を落とし差しにしている。

「おい、貴様ら、阿呆面《あほうづら》をぶらさげて、なにをながめておる。見世物ではないわ」

不精ひげだらけのずんぐりした立木五郎八という浪人がだみ声を張りあげた。野次馬連中を遠ざけた。

「斬るぞ!!」

浅野次郎左衛門が刀の柄に手をかけて色若衆にせまった。裂けた双眼に鬼火のようなものが燃えている。本気で斬るつもりらしい。

「命がおしくば、われらを侮辱したことを謝する誠意として、有り金と、貴様には用もなさそうな朱鞘の大小を置いていけ」

「くさい」

色若衆が美しい顔を不快げにしかめた。

「そなた、どれだけ風呂に入っていないのだ。垢が臭うわ。饐《す》えたにおいだ」

あからさまな挑発だった。

浅野次郎左衛門の削げた頬がはげしくわなないた。

「許さぬ!!」

浅野次郎左衛門が気合するどく抜刀した。陰流の使い手という自負がある。事実、そうとうな腕で、道場あらしで食っていた時期もあったのだ。

「きええい!!」

浅野次郎左衛門は大刀を左八双から色若衆の左肩めがけて、袈裟《けさ》掛けにするどく振りおろした。

刹那《せつな》、小柄な色若衆は浅野次郎左衛門の斬撃をむささびのごとくにかいくぐって、その躯に肉薄した。ほとんど一瞬といっていいだろう。

野次馬たちの眼には映らなかったかもしれない。それほどまでに凄まじい速さだったのである。

いつ抜きはなったのか、色若衆が細身の太刀を水平に一閃《いっせん》させた。

影月竜四郎の貌《かお》が蒼白に引《ひ》き攣《つ》っている。その刹那、浅野次郎左衛門の生首が胴をはなれ、血汐を曳《ひ》いて宙を奔《はし》った。首のない躯がひと呼吸置いて前のめりに崩れ込んだ。

「わっ、わわっ」

仲間の立木五郎八と青田清蔵は全身を慄《ふる》わせ、まわりの群集の中へ躍り込んでそのまま逃走した。

まわりの群衆は波のようにどよめいている。

「町方《まちかた》役人が参ったなら、申しあげよ。拙者は栗本新之丞《くりもとしんのじょう》、一介《いっかい》の武芸者であるとな。乞食浪人に因縁をつけられ、やむなく斬って捨てた。その方たちが見たとおりのことを町方に申すがよい」

澄《す》んだ声でいいはなつと、栗本新之丞は刀身の鮮血を懐紙で拭い、朱鞘にパタリと収めた。

栗本新之丞はなにごともなかったように昼下がりの両国広小路をすたすたと歩み去っていった。

その後姿に意味ありげな眼差しを向けている羽織袴の武士があった。

公儀目付《めつけ》、近藤達之進《こんどうたつのしん》である。頭の回転のするどそうなひきしまった顔だちをしている。旗本《はたもと》はもとより、役方《やくかた》（文官《ぶんかん》）も番方《ばんかた》（武官）も、目付をひどく怖《おそ》れた。それほどすさまじい権限を目付は持っていたのだった。

公儀目付は若年寄《わかどしより》の耳目《じもく》となって、政務全般を観察する。旗本大身といえども、目付に睨まれると、わずかな落度を指摘されて、評定にかけられ、半知《はんち》減封、改易《かいえき》処分にされる危険があったからだ。

目付の定員は十名で、職務がら、だれとも親しく交際しない。しかも、同役を容赦《ようしゃ》なく蹴落とす非情さもそなえている。

その上、目付は自分の意見を直接、将軍に申し立てることのできる特権を持っている。

この特権があるかぎり、老中といえども安閑《あんかん》とはしていられず、つねに目付の眼を気にしていなければならないのである。

薬師堂に町方役人が岡っ引に連れられて、あたふたとやってきた。

浅野次郎左衛門の首なし死体が黒ずんだ血だまりのなかに倒れ伏し、七尺ほど先に血まみれの生首が転がっている。

町方役人は、衣川十蔵《ころもがわじゅうぞう》という八丁堀同心であった。

近藤達之進は浅野次郎左衛門の死体の脇にかがみこんだ衣川十蔵に歩み寄り、小腰をかがめるようにして、なにごとか耳もとでささやきかけた。

衣川十蔵の顔が明らかに変わった。神妙な表情で何度もうなずく。

それを、影月竜四郎が見逃すはずがなかった。竜四郎は近藤達之進をその身装から地位のある幕臣だと睨んでいたのである。

同心がかけつけると、たちまち、現場の野次馬たちが散っていく。野次馬たちにとって、町方役人はけむたい存在なのだ。

暗闇の丑松も、竜四郎も、野次馬と一緒に薬師堂前の現場から立ち去った。

「それにしても、栗本新之丞とかいう色若衆、息をのむ美貌にもかかわらず、すさまじい腕をしていやがったぜ。おいらには、栗本新之丞が痩せ浪人の首を刎《は》ねとばす瞬間が見えなかった。それほど、太刀筋が速いということよ」

丑松は竜四郎の肩に手をかけると、そそのかすかのように薄笑った。

「どうでえ。稲妻の竜は栗本新之丞に勝てるかい」

「勝てるわけがなかろう。拙者は修行途中で剣術を捨ててしまった半端者《はんぱもの》だからな。そこにいくと、むこうは本物さ」

竜四郎は腕が劣ることをあっさりと認めた。実際、栗本新之丞に勝てるとは思わない。立ち合う羽目になったなら、江戸から逃げだすだろう。

「栗本新之丞は武芸者と申したが、病的というか、どこか狂気めいたところが見てとれる」

竜四郎は思案のおももちで、こめかみに人差指をあてがった。

「栗本新之丞が武芸者であるとするならば、江戸の剣術界に悽愴《せいそう》な嵐が巻き起こるだろうぜ。あるいは、栗本新之丞の魔風のような斬殺剣を利用しようとする奴もでてくるかもしれぬ。いずれにせよ、さわがしくなろう」

4

日本堤《にほんづつみ》の濃い暗さにひきかえ、吉原は今夜もはなやかだった。

仲之町通りを、綺羅《きら》な身装《みなり》の嫖客たちがのんびり往来している。客は町人のほうが圧倒的に多く、武家はわずかしかいない。これをみても、江戸の経済が町人に握られていることがわかろうというものである。

江戸町《えどちょう》二丁目の角にある大口屋《おおぐちや》の二階の手すりにもたれながら、流行《はやり》の柄物《がらもの》の衣装をまとった片岡直次郎が目尻に皮肉な笑みをにじませた。

隣りには、濡《ぬ》れ羽《ば》色の黒髪を横兵庫《よこひょうご》に結いあげた絢爛《けんらん》たる衣装の三千歳《みちとせ》花魁がしどけなく寄《よ》り添《そ》っている。

直侍《なおざむらい》こと片岡直次郎は三千歳のいろである。

大口屋の看板花魁で、大川の澄んだ水でみがきあげたような肌をした三千歳は、はじめて直次郎によって女の歓びをおぼえさせられたのだった。以来、おたがいに離れがたい仲になってしまったのである。

「三千歳、吉原《なか》をみるかぎり、もはや、侍の時代じゃねえな。経済的実力は、とっくのむかしに武家から町人に移っちまった。このごろじゃ、四、五百石の旗本の差している鞘の中身が竹光《たけみつ》ってのも、ざらだそうだぜ」

「いっぱい、おやりな、直さん」

三千歳は漆《うるし》塗りの酒瓶子《へいじ》をかざすと、直次郎の盃に酒を満たした。長い睫毛《まつげ》にかこまれた瞳は冴えて、吉原花魁の心意気を示している。

「この吉原じゃ、お旗本やお大名より、蔵前《くらまえ》の札差《ふださし》のほうがずっと格上だもの。いまでは、吉原でひと晩に千金《せんきん》を使っちまうのは、蔵前の札差ぐらいのものさね」

三千歳が濡れたような声でいうと、白いのどを反《そ》らして酒盃をあおった。

直次郎は右手をのばして、金銀の糸の綾《あや》なす衣装の上から、形良く盛りあがった三千歳の胸の膨らみを握り込んだ。

三千歳が乳房への愛撫を好むことを承知しているのだ。

花魁のいろも楽ではない。ありとあらゆる閨技《ねやわざ》を駆使して、花魁を歓ばせなければならない。そうしなければ、すぐにもお払い箱になってしまう。

ちなみに、札差というのは、幕臣に支給される扶持米《ふちまい》の保管倉庫業者だったのが、金融業を兼《か》ねるようになって、実力をたくわえ、いつしか、江戸財界を牛耳《ぎゆうじ》るほどの富豪となった。

「武士ってやつも、阿呆《あほう》なものさ」

直次郎は侮蔑するように鼻を鳴らすと、酒盃をあおりつけた。

「徳川初期の土地経済が町人のあつかう貨幣経済に移っちまったことに、まったく気づかなかったんだからな。幕府や大名が貧乏するのも当然ってもんよ。幕府はもちろん、諸藩や、武士階級は、町人の金持連中に頭を下げなければどうしようもなくなってしまうぜ」

「直さん、そろそろ、寝間に参りましょうよ」

三千歳の部屋は上ノ間と次ノ間の二間で、次ノ間が寝室である。

片岡直次郎は禿《かむろ》に手つだわせて、白綾《しろあや》の寝間小袖《ねまこそで》に着替えると、夜具に腹這《はらば》いになった。

枕もとの莨盆《たばこぼん》をひき寄せた。そこに横たえてある紋散らしの煙管をとりあげ、上等な莨をつめる。

莨盆のなかの赤い炭火にかざして、火をつけ、一服、すっぱと喫《の》んだ。

「直さん」

襖《ふすま》がそっとひらいた。三千歳の声には、いきいきとしたつやがあった。

「おっ」

直次郎が意表を突かれたような声をあげた。

三千歳は、燃えるがごとき唐紅《からくれない》の長襦袢《ながじゅばん》をはおっていたのである。ふだんは藤色か薄紅色の長襦袢なのだ。

「三千歳、一体、どういう風の吹きまわしなんでえ」

直次郎は背中にかかっていた絹布団をはねのけた。

「たまには、艶《つや》っぽいのもいいと思って」

三千歳は、はにかむようにほほえむと、直次郎に美しい躰《からだ》をゆだねた。

直次郎は唐紅の長襦袢のえりもとをくつろげさせ、そのなかへ手をさし入れた。

三千歳の乳房が直次郎の掌におさまった。張りのあるすばらしい乳房だ。いかにも重そうに充実している。

直次郎は頂きの乳首を人差指と中指の間にはさみつけた。

「ああ……」

三千歳がわずかにほっそりしたあごを反《そ》らし、甘美なうめきを洩《も》らした。

直次郎は三千歳の肢体を押し倒すと、長襦袢のえりを大きくはだけさせた。豊満な白い乳房があられもなくさらけだされた。淡紅色の乳首は小さく、米粒を立てたようで、あるかないかの弱いちぢれがあった。

直次郎は右の乳首を唇にふくみ、舌をからませながら、左の乳首を親指と人差指でつまんで、柔らかく愛撫した。

三千歳の唇から快美に酔いしれるあえぎが途切れ途切れに洩れる。両の乳首から快感の電流がからだの芯に注《つ》ぎこまれ、じっとしていられなくなってくるのだ。

直次郎の愛撫は、半端ではない。さすがにいい《ヽヽ》ろである。

象牙《ぞうげ》のような三千歳の肌を、直次郎の唇が円を描くようにして這いまわる。なんともいえぬ微妙な感触であった。

直次郎の唇が三千歳の肌を吸いあげるたびに甘美な戦慄《せんりつ》が、からだのなかを駆けぬける。脳髄がじんとしびれるほどの快感であった。

直次郎の唇は三千歳の乳房の膨らみや腹部をそろそろと這い進む。

三千歳の身内《みうち》が絶え間なく慄《ふる》え、うめきがとまらなくなった。あたかも、ゆったりとうねる恍惚《こうこつ》の海に浮かんでいるかのようであった。

筆の穂先《ほさき》で刷《は》くような感触をのこして這いまわる直次郎の唇が、三千歳の下腹部にとりついた。

三千歳の股間のしげみは、淡く、ちぢれが弱かった。その恥毛の翳《かげ》りの下の秘処の割れ目に、直次郎は顔を寄せた。

三千歳は淡い恥毛のくさむらと、太腿の内側に、直次郎の熱い吐息を、あふれるような蜜にまみれた女の部分に唇を、そして、敏感な赤い芽《め》に舌を感じた。

やわらかな性感と錐《きり》のようにするどい快感が、三千歳のからだの芯を痺《しび》れさせた。

三千歳はのけぞってはげしく頸《くび》をふった。横兵庫の髷が崩れ、ほつれ毛が汗ばんだ頬にからみついている。

とろけるような悲鳴がはばかりなくあたりに散った。汗のにじんだつややかな肢体が微電流にふれたように慄えている。

直次郎は鮮紅色の敏感な三千歳の芽をふくむと、舌ではじき、転がした。

「あっ、あっ、あっ、ああ……」

三千歳の唇から繊細《せんさい》な絶叫がほとばしった。あまりに鮮烈な快感が陰核に湧きたち、子宮の闇に吸い込まれていったのだろう。

「おねがい、直さん、許して、もう、我慢できない……」

優しさと憂《うれ》いをたたえた三千歳の美しい瞳が、横一文字に吊りあがり、瞼《まぶた》のはしが小刻みに痙攣《けいれん》しはじめた。手入れのゆきとどいた流行《はやり》の眉の内側に縦皺《たてじわ》が寄り、頬がはげしくわななき、その美貌は、まさに泣いているようであった。

それを見た直次郎は、三千歳の白くふくよかな腿を肩にかつぎあげ、蜜にあふれた女の部分におのれの怒張をゆっくりとつないだ。

怒張した硬い一物は着実に侵入をはたしていく。ほどなく三千歳の深奥に達した。

三千歳は透明感のある悲鳴をあげて、直次郎の軀にしがみついた。腰のくびれと、直次郎の腰をはさみつけている腿が鳥肌立ち、さざ波のような痙攣が走った。

直次郎は三千歳を深々と貫いたまま、腰をはげしく上下に揺すりあげた。

直次郎は花魁のいろらしく冷静であった。息さえ乱していない。やがて、直次郎はこれでよしとばかりに、これまでおさえつけてきた緊張を一気にほとばしらせた。

肛門から脳天まで痺れるような快感が噴きあがり、怒張の先端から精液が奔流《ほんりゅう》のように三千歳の子宮の闇の深みへほとばしっていった。

三千歳は声にならないうめきを発し、白目を剝《む》いて失神した。

雲をつきぬけた空白がどれほどあっただろうか。

直次郎は腹這いになって莨盆をひき寄せると、煙管に火をつけ、一服した。ゆっくりと味わい、口のはしからやわらかく煙を吐きだす。

「直さん」

三千歳は頰にからんだほつれ毛をかきあげた。

隅に置かれた絹行灯の霞《かすみ》がかったような明かりのなかで、直次郎は三千歳の汗の匂いのする躰を優しく抱き寄せた。いろというものは、女を満足させるために細心の注意をはらわなければならないのである。

並大抵な努力ではない。

「三千歳、よかったかい」

直次郎がきいても、三千歳はすぐに答えなかった。

「よくなかったのか」

「意地悪」

三千歳が直次郎の首すじにわざとらしく歯を立てた。

「直さん、あんたは麻薬よ」

そういうと、三千歳は直次郎の軀に光沢のある裸身をすり寄せてきた。

「麻薬か。おれも三千歳花魁からいろいろのお墨付きをいただいたようなものだぜ」

直次郎はかるく笑い声をたてると、三千歳の乳房をまさぐり、もう一方の手を股間にのばした。三千歳の股間はまだ濡れていた。

「あんたは、とてもいけない麻薬よ。はやいところ遠ざけて、断ちきらないとおぼれてしまうわ」

「おいおい。おれはそれほど危険な男なのか」

「でも、素敵な薬よ」

三千歳は直次郎のはだけた胸に頬をすり寄せると、可笑《おか》しそうに小さく笑った。

「やみつきになってしまうわ」

「それはそうと」

直次郎は、ふと思いだしたように天井に視線をおいた。

「両国広小路に小さな薬師堂があるだろう」

「ええ、知っているわ」

三千歳は頰づえを突いて、直次郎に濡れたような瞳を向けた。

「今日の昼下がり、薬師堂の前で血闘があったんだ。暗闇の丑松と稲妻の竜が、つぶさにみていた」

「血闘？」

三千歳が恐ろしそうなおももちで眉根を寄せた。

「札付きのごろつき浪人三人がお定まりどおりに、色若衆に難癖をつけたのさ。おおかた、濃紫の中振袖を着た水もしたたる色若衆のふところには、小判の五、六枚も入っているだろうと見当をつけたのだろうよ。その色若衆は、名を栗本新之丞とかいうそうだぜ」

「栗本新之丞ですって。二枚目のお役者のような御名《おんな》だこと」

三千歳が目をほそめた。この花魁は美貌の若衆にはよわいのだ。

「ふところの金を奪い取ろうと因縁をふっかけた野良犬浪人は、浅野次郎左衛門といって、陰流の腕達者だ。おれも顔見知りのごろつきさ」

直次郎は枕もとに手をのばすと、銀の提子《ひさげ》をとりあげ、水をごくごくと喉に流し込んだ。

「栗本新之丞の細身の太刀が、目にもとまらぬ速さで一閃《いっせん》すると、陰流の使い手の浅野次郎左衛門の生首《なまくび》が、鮮血を流して宙を翔《か》けたっていうじゃねえか。遠巻きにしていた野次馬どもは、度肝《どぎも》を抜かれちまって腰をぬかさんばかりだったというぜ」

「へえ。そのお役者のような色若衆、たいしたものだね」

三千歳が感心するように瞳をきらりとさせた。

「栗本新之丞とかいう美貌の剣士は、どこの御家中なんだい。まさか、浪人じゃないでしょう」

「武芸者とかいっていたな」

直次郎は解《げ》せないというおももちで首をひねった。この広い大江戸八百八町には道場が千ちかくあるが、数百人の門弟をかかえた大道場となると、五十あるかどうかだろう。

「町人全盛の世の中じゃ、剣術もめしのたねにならねえからな。埃《ほこり》くさい武芸者など、いまどき、はやりやしねえよ」

直次郎が鼻に小皺《こじわ》を寄せて、小馬鹿にするように薄笑った。

「けど、水もしたたる色若衆だったんでしょ、その栗本新之丞とかいう武芸者は」

三千歳が瞳にふしぎそうな表情をうかべた。

「どうして、江戸にやってきたのかしらね」

「それよ」

直次郎が眼のふちに険をつくった。

「稲妻の竜は、栗本新之丞に病的なものを感じたそうだ。江戸の剣術界に、魔風が吹き荒《すさ》ぶかもしれねえとよ。なんだか、おれも不吉な胸さわぎがしやがるぜ」

5

上段直心影流《じきしんかげ》・師橋幸三郎政明《もろはしこうざぶろうまさあき》の道場は、赤坂御門《あかさかごもん》前、表伝馬町《おもてでんまちよう》二丁目にあった。

道場のかまえは大きい。門弟も二百人をこす大道場である。敷地は三百坪ほどか。

江戸庶民に人気の高い豊川稲荷は、すぐ近くにある。この季節、豊川稲荷の門前には、飴《あめ》売り、豆売り、ゆで玉子売り、お茶売り、酒売り、薬草売りなど、さまざまな物売りが出ていて、参詣客もごったがえしている。

道場主の師橋幸三郎は、上段直心影流をたてた長沼《ながぬま》正兵衛忠郷《ただかと》の直系の弟子で、十五年ばかり前に江戸に出てきて、上段直心影流の道場をひらき、成功した。

師橋幸三郎は温厚な人柄で、見識もあり、諸藩の藩主や旗本などとの付き合いもひろく、旗本の子息や諸藩の藩士の門弟も多い。このごろでは、商家のせがれやあそび人なども剣を学びにくる。師橋幸三郎は剣術の腕もさることながら、道場経営者としても手腕家なのであろう。

その日は、どんよりした雲が空にたれこめ、霧ともつかぬ小糠雨《こぬかあめ》が江戸の街をしっとりと濡《ぬ》らしていた。

上段直心影流の師橋道場の内部から木刀の打ち合うはげしい音がひびきわたり、若い男の汗のにおいにむせかえっていた。

栗本新之丞が蘇芳《すおう》色の派手な陣羽織をまとって、師橋道場へあらわれたのは、午後もかなり遅い時刻であった。

小柄で、みずみずしい若衆髷の栗本新之丞に、師橋道場の若い門人たちは好奇にみちた眼差しを向け、なかにはからかいや嘲《あざけ》りの笑みを浮かべる者もいる。

もとより、栗本新之丞は道場の隅に端座し、平然としている。彫りの深い憂《うれ》いのただようほそおもての顔には、侮蔑するかのような薄い笑みさえにじませていた。

「栗本新之丞どのと申されたか。稽古《けいこ》を見学されるのは一向にかまわぬ」

師範代格の水島健策が栗本新之丞の前に座して、申しわたした。それも、見下すかのような調子であった。あるいは、新之丞の容姿や身ごしらえをあなどったのかもしれない。

「されど、当道場は他流との立合いを禁じておる。それは、どの道場でも、同様でござろう。それゆえ、栗本どのとの立合いはいたしかねる」

「この道場には、わたしを嘲る者がいる。小馬鹿にする者もいる。高名な上段直心影流・師橋道場は、わたしの容姿をみて、あなどり、嘲笑を浴びせるのですか」

栗本新之丞は憎悪をこめて門人たちを睨みつけると、端麗な貌《かお》にあるまじき烈しい語気で、水島健策にせまった。水島健策は栗本新之丞の気迫におされたのか、一瞬、たじたじとなってしまった。

道場主の師橋幸三郎は他出していた。諸大名の上屋敷における月例の出稽古が多いのである。

この日は、本郷三丁目の松平土佐守の上屋敷へ出稽古におもむいている。

「あなたも、わたしを心のなかであなどっている」

栗本新之丞は頬をかたくして決めつけた。

「お相手していただこう、わたしをあなどるといかなることになるか、門人の方々に肝《きも》に銘《めい》じていただこう」

「そこまで申されるのなら立ち合ってさしあげよう。軽目の打ち込みをいたそうではないか」

水島健策がむっとして、赤樫《あかがし》の木刀を握り直した。

水島健策は七百石の旗本、水島右衛門の嫡男であり、将来は武官を志《こころざ》している有能な若者であった。

「あなどった相手には、わたしは手加減をしない。試合で命を失おうとも怨《うら》むまいぞ」

栗本新之丞がきっとして膝《ひざ》を立てた。握ったのは黒光りしている小太刀の木刀である。一尺五寸ほどしかない。

当時、一般に小太刀は不利といわれていた。

師橋道場は、水を打ったようにしずまりかえった。稽古にきていた五十余名の門弟は道場の壁ぎわに居並んで、固唾《かたず》をのんで水島健策と栗本新之丞の立合いを見守っていた。

水島健策は二尺三寸の木刀を上段にかまえた。上段直心影流得意のかまえといえよう。祖《そ》の長沼正兵衛忠郷は、上段打ち込みこそがわが一流の真髄《しんずい》であるといいきり、上段がまえを固守したという。

数瞬、十分の間合いをとって二人は睨み合った。

小太刀を星眼《せいがん》にかまえる栗本新之丞は五尺そこそこの小柄で、六尺豊かな水島健策に勝てるとは到底、思えなかった。

だが、額に汗がにじみはじめたのは、水島健策のほうであった。水島健策は栗本新之丞の発する魔のような気迫に圧倒されていたのである。

栗本新之丞の女にも勝《まさ》った冴《さ》えのするどい美貌に、黴《かび》のような微笑がにじんだ。明らかに蔑《さげす》みの笑みであった。

その瞬間、水島健策は吐逆《とぎやく》のような激情をおさえきれず、上段にかまえた木刀を、裂帛《れっぱく》の気合を発して、栗本新之丞の脳天めがけて撃《う》ち込んだのだった。

栗本新之丞はすさまじい勢いの撃ち込みを電光のごとくにかいくぐるや、恐るべき高さにまで小柄な軀を躍動させたのだった。

「鋭《えい》!!」

飛び降りざま、栗本新之丞は黒光りする小太刀を水島健策の頭蓋《ずがい》に猛烈な速度で撃ち込んだ。

バキッ!!

頭蓋の砕ける嫌な音とともに黄緑色の脳漿《のうしょう》と赤い血汐がぶちまけられた。

水島健策は仰向けざまに倒れ落ちた。絶命している。みひらいた双眼には信じられないような表情が凍《こお》りついていた。

五十余名の門人たちは顔色をうしない、声もない。

「わたしと立ち合う御方は、おられましょうか」

栗本新之丞は門人たちを挑発するように、小太刀を二度するどく振った。みずみずしい美貌には汗さえもにじんでいない。

「おのれ!!」

津村彦九郎《つむらひこくろう》が眼を怒らせてずかりと腰をあげた。下野《しもつけ》・佐野《さの》藩五万四千石、結城相模守秀家に仕える藩士で、師橋道場の屈指の腕前といわれ、近々、佐野藩の指南役にとりたてられることになっていた。

「栗本新之丞とやら、無事に帰すことはできぬ。覚悟せよ」

津村彦九郎は木刀を大上段に振りかぶり、星眼の栗本新之丞をはったと睨み据えた。忿《ふん》怒《ぬ》の湯気が全身に陽炎《かげろう》のように湧きたっている。

小太刀を星眼にかまえた栗本新之丞は、いたって涼しげである。わずかに、結いあげた若衆髷の鬢毛《びんもう》が数本、頰にながれている。

津村彦九郎ははげしく燃えさかる憤激《ふんげき》を抑《おさ》えることができずにいる。怒りで頭の中が真っ白になっているといっていいだろう。

星眼は攻撃的なかまえではない。攻撃するには突きしかないのだ。肩を狙うにしても、脾腹《ひばら》をえぐるにしても顔面を斬り下げるにしても、星眼のかまえからでは、振りかぶるか、横に引くか、なんらかの動きが必要である。

大上段に木刀をふりかぶった津村彦九郎は、小柄な栗本新之丞の星眼からくりだされる突きを十分に警戒し、計算に入れていた。

(奴が怖いとするならば、動きの速さだけだ)

津村彦九郎はおのれに言い聞かせながら、じりっ、じりっと間合を詰めていく。もとより、ただでは帰さぬつもりである。

撃《う》つ!!

津村彦九郎がありったけの気合を発しかけたその刹那《せつな》、栗本新之丞の軀が床を蹴って躍《おど》りあがった。あたかも、猿かなにかのようであった。

「うっ!!」

津村彦九郎は虚を突かれ、背筋を凍りつかせた。

「きええい!!」

栗本新之丞が気合を発した。戦慄《せんりつ》すべき気迫であった。

津村彦九郎の唇から血を吐くような絶叫がほとばしった。栗本新之丞のはなった小太刀が津村彦九郎の喉をすさまじい勢いで突き破ったのだ。

津村彦九郎は喉から胸を鮮血で染め仰向けざまに転倒した。

「失礼」

栗本新之丞は茫然としている門人たちにかるく会釈《えしやく》すると、小太刀を革袋に収め、師橋道場を風のように去った。

6

「栗本新之丞はこの五日の間に三軒も道場破りをしている」

金子市之丞がイカの沖漬《おきづ》けを口にほうりこんだ。

浅草花川戸《はなかわど》・大川畔《ばた》に近い山之宿《やまのやど》という盛り場の小料理屋『市川』の小座敷である。

向かいには、茶に縦縞《たてじま》の入った着物を着流しにして、鶯《うぐいす》色の羽織をはおった河内山宗俊《こうちやまそうしゅん》が、脂《あぶら》っぽい濃い貌《かお》にくえない笑みをにじませている。

御数寄屋坊主《おすきやぼうず》の河内山宗俊といえば、浅草にかぎらず、本所、深川、両国など下町暗黒街に聞こえた大物である。悪事はするが、卑劣《ひれつ》な真似はしない。すなわち、公儀にふくむところのある硬骨漢《こうこつかん》なのだ。

御数寄屋坊主とは、江戸城内において、登城してくる大名や旗本に茶の接待をする役で、頭をまるめていても、寺や葬式とはほとんど関係がない。

つまりは、茶道の家元の家に生まれた茶の専門家で、若年寄の支配下にある。

俸給《ほうきゅう》四十俵という卑役ながら、江戸城内で大名や旗本からけむたがられているのは、将軍に謁見《えっけん》することのできる身分を与えられているからである。

金子市之丞は双剣の使い手で、堀田原《ほったはら》に道場をかまえて博徒《ばくと》どもに剣術の真似事をおしえている。神道流《しんとう》の腕は並ではない。

刻《きざ》みのするどい金子市の顔に感情はなく、無機的である。この凄腕の剣術使いはニヒルを売りにしているのだ。

「表伝馬町の師橋道場、神田新材木町の柳沢道場、日本橋南の小松町の片平道場とも、門人を木刀で撲殺《ぼくさつ》された」

金子市がぐい呑みの酒をすすりこんだ。

「師橋道場は二名、柳沢道場は三名、片平道場は道場主の片平源内が頭蓋を叩き割られてしまったそうだ。いずれも、見るにたえない凄惨な死体だったというぜ」

「その栗本新之丞とかいう色若衆、からだのなかに、一体、どんな血が流れていやがるんでしょうかね」

暗闇の丑松がおびえるように唇のはしをこまかく慄《ふる》わせた。

「試合をして、勝ち、相手を殺すことに無上の喜びをおぼえやがるのさ。武芸者ってやつの病気かもしれぬ」

金子市之丞の冴えた美貌が暗い翳《かげ》りをおびた。この剣客にもおぼえがあるのかもしれない。

「その栗本新之丞に目付の近藤達之進がすり寄っていきやがった。殺人鬼に公儀目付とは、なんとも奇妙なとり合わせじゃねえか」

金子市が皮肉っぽい笑みを目尻にただよわせた。

「なに？　目付の近藤達之進が？」

河内山宗俊の癖のある大きな眼がにぶい光をはなった。

「近藤達之進は、今日、たしか、江戸城内でみかけたが……」

河内山宗俊が不審げなおももちでえらの張ったあごに手をやった。

今日はじめじめしたむし暑い日であった。そろそろ梅雨《つゆ》にはいろうかという季節である。

吹上《ふきあげ》の庭に、花菖蒲《はなしょうぶ》と夏薊《なつあざみ》が咲いていた。

河内山宗俊は廊下のはしを、小腰をかがめながら卑屈な感じで歩いていた。廊下ですれちがう幕閣《ばっかく》の高官や大名に身を縮《ちぢ》めてみせるのも、御数寄屋坊主の習性といえるだろう。

河内山宗俊は精力的で堂々とした体軀を卑屈さという鎧《よろい》で隠しているのである。卑屈どころか、これほど図太い御数寄屋坊主もざらにはおるまい。

近藤達之進がその河内山の横を小走りですりぬけていったのだ。表情は硬く、狷介《けんかい》であった。

（あの目付め、なにごとか、たくらんでいやがるにちがいねえ）

河内山宗俊は近藤達之進の後姿をぎょろりとした眼で追った。

近藤達之進は老中と若年寄《わかどしより》の詰所《つめしょ》には寄らず、その脇の若年寄補佐という臨時の役職についている鳥居甲斐守耀蔵《とりいかいのかみようぞう》の執務部屋にあわただしく軀をはこんでいったのだった。

鳥居耀蔵は将軍家顧問中野碩翁《なかのせきおう》の強力な推挙《すいきょ》によって、若年寄補佐という聞き馴れない役職に就任したのである。

「鳥居耀蔵っていう妖怪は、はなはだたちの悪い野心家だ。物価の高騰《こうとう》をあおって庶民を苦しめても、なんとも思いやがらねえ。まったくもって、ふざけた野郎さ」

河内山宗俊が不快げに唇許《くちもと》をゆがめた。鳥居耀蔵という幕府の実力者がよほど嫌いなのだろう。

「いまはなんといっても、一橋治済《ひとつばしはるさだ》、中野碩翁、島津重豪《しまづしげひで》の時代だからな。奢侈《しゃし》に酔い痴《し》れる三翁《さんおう》の権勢がゆるがなければ、どうしようもあるまい」

金子市がにがそうな表情でぐい呑みを口にはこんだ。

一橋治済は将軍家斉《いえなり》の実父、中野碩翁は家斉の愛妾《あいしょう》お美代の方の養父、島津重豪は将軍御台所《みだいどころ》の父である。この三人の老人は、数万坪の別邸をいくつも持ち、贅沢《ぜいたく》のかぎりを尽くしているのだった。

将軍家斉にいたっては、日本国がどうなろうと、そんなことはそっちのけで、側室だけでも四十人におよび、手をつけた奥女中は数知れずというはなはだしい荒淫《こういん》の人であった。もしかしたら、色情狂といってもいいかもしれない。

将軍家斉の愛妾お美代の方の養父で、怪物と称される中野碩翁は、なみはずれた荒淫の人である将軍家斉に唐土《とうど》の怪しげな精力剤を献上して、信頼を得たといわれている。

「家斉って公方《くぼう》も、あきれはてた精力絶倫ぶりで、ものもいえやしねえ」

河内山がふとい鼻に蔑《さげす》むような小皺《こじわ》を刻みつけた。

「なにしろ、十六腹に二十八男、二十七女、計五十五人の子を挙《あ》げやがったんだから、並の精力じゃねえやな。あの公方は狒々《ひひ》の生まれかわりかもしれねえ」

河内山宗俊は呵々《かか》と笑いあげると、ぐい呑みの酒をぐびぐびと喉にながしこんだ。微禄とはいえ、俸禄をいただいている徳川将軍家に悪口雑言《あっこうぞうごん》を浴びせるのだから、河内山も並の神経の持主ではない。

「一橋治済、中野碩翁、島津重豪の三爺《さんじじ》いに贅沢三昧《ざんまい》をさせている老中以下の幕閣も、蔵前《くらまえ》の札差の江戸財界の連中から賄賂《わいろ》を強要して私腹を肥《こ》やすいがい、なんにもしやがらねえ。そのうち、日本国は、大砲を積んだ軍艦群で大海原《おおうなばら》を越えてくる諸外国の餌食《えじき》になっちまうぜ」

河内山宗俊が鮒《ふな》の甘露煮《かんろに》をむしゃむしゃと頬張《ほおば》った。

事実、この時期、日本国の近海に欧州列強の艦影が頻繁《ひんぱん》に姿をあらわしていたのである。

北方ではロシアの南下から蝦夷地《えぞち》で日本人としばしば紛争を起こしている。ロシアが蝦夷地を侵略しようとしているのは明らかであった。

文化五年（一八〇八）には、イギリス軍艦フェートン号がバタビアから長崎に向けて航海中のオランダ船を捕らえようとして、長崎に闖入《ちんにゅう》する事件が起こった。当時、イギリスはナポレオンの占領下《せんりょうか》にあったオランダと敵対関係にあったのである。

フェートン号はオランダ国旗を掲揚《けいよう》して長崎に入港したが港内にオランダ船は碇泊していなかった。

しかたなく、フェートン号はオランダ商館員を抑留《よくりゅう》して脅迫《きょうはく》し、その釈放とひきかえに薪水《しんすい》食糧を要求し、それらを船に積み込んで長崎を去った。

その間、長崎奉行松平康英《やすひで》は手をこまねいているばかりであった。松平康英はこの責任をとらされて自殺に追いこまれたのは、いうまでもない。

さらには、アメリカやイギリスの捕鯨船が盛んに日本国近海に出没するようになり、幕府はあってないような日本の海防に頭をなやませていたのである。

前述した三翁や将軍家斉にとりいり、江戸城内で権勢をほしいままにしているのは、老中筆頭水野出羽守忠成《ただあきら》である。この水野出羽守と若年寄林肥後守《ひごのかみ》、将軍家側用人《そばようにん》水野美濃守が組んで、幕閣を牛耳《ぎゅうじ》っているのだった。

いまや、幕府は上から下まで腐敗のきわみに達していた。

「ところが、昨年だったか、水野越前守忠邦《ただくに》っていう正義派の野心家が、京都所司代より西の丸老中に抜擢《ばってき》されると、幕閣内に微妙な空気がただよいはじめたのさ」

河内山宗俊は図太い笑みを口のはしにただよわせると、ぐい呑みの酒をぐびりとふくんだ。

「その水野忠邦って西の丸の老中は、老中職に固執《こしつ》している遠州《えんしゅう》浜松五万五千石の大名のことかい」

それまで、かなり年増だが色っぽい女将《おかみ》と下ネタの世間話をあれこれしていた片岡直次郎が振り向いていた。大口屋の花魁、三千歳のいろだけあって、目許《めもと》の涼やかな優男《やさおとこ》である。

「そうよ。その水野忠邦よ」

河内山宗俊があくの強い眼に皮肉めいた笑みをうかべた。

「肥前唐津《ひぜんからつ》の領主でいれば実高二十五万石もあり、裕福な身でいれたものを、老中になりたいばかりに、遠州浜松に国替《くにがえ》を請《こ》うて、許された。つまりは、江戸城内にも水野忠邦を老中にしたい勢力があるってことさ。水野忠邦が老中になれば、日本国もけっこう面白《おもしろ》いことになるかもしれねえよ」

河内山宗俊が鯉《こい》の洗《あらい》を口にほうりこみ、旨《うま》いと舌つづみをうった。

「それにしても、実質二十五万石の唐津から五万五千石ぽっきりの浜松へ国替を願い出るとは、老中ってのはすごい権力なんだろうなあ」

片岡直次郎が思案げなおももちで頬をなでた。

「そいつがな」

河内山が喉の奥で小さな笑い声をたてた。

「老中ってのも、以前にくらべりゃ、さほどの権力もないのさ。幕府そのものに実力がなくなっちまったからだ。水野忠邦が老中の座を過信しすぎると、自分で自分の首を締めることにもなりかねねえ」

河内山宗俊は手酌でぐい呑みに酒を注ぎ、ぐぐっと飲んだ。

「忠邦の老中たらんとする野心は、熾烈《しれつ》きわまりないだろうが、老中になったはいいが、まわりは敵ばかりだってことを忘れたら、それこそ、寿命をちぢめちまうぜ」

「どんな大名なんだい。その水野忠邦ってのは」

片岡直次郎が興味ぶかそうに河内山宗俊に二枚目面を向けた。

「小柄で痩せた貧相な奴さ。野望に燃えた精悍《せいかん》の気概《きがい》を風貌にあらわしているがね」

河内山は銀延《ぎんの》べの煙管《きせる》に莨《たばこ》を詰めると、旨そうに一服した。

「どういうわけか、話があらぬ方向にいっちまったが」

金子市之丞がわずかに眉根を寄せた。

「栗本新之丞といううえたいの知れない魔剣士に江戸剣術界は戦々恐々《せんせんきょうきょう》としはじめている。なにしろ、この五日間で、名だたる江戸の大道場が完膚《かんぷ》なきまでに叩き伏せられてしまったのだからなあ」

「試合じゃ、殺《こ》ろされても、なんにもいえねえしな。だから、剣術って奴は嫌いなのさ」

片岡直次郎は顔をしかめた。この御家人崩れは、二本差してはいるが、剣術の腕はからっきしなのである。

「その栗本新之丞に目付の近藤達之進が近づいた。近藤達之進は若年寄補佐役の鳥居耀蔵の腹心だ」

河内山宗俊が腕を組み替えた。ふとい鼻をした脂濃《あぶらこ》い貌《かお》に微妙なけわしさがこもっている。

「鳥居耀蔵と近藤達之進は栗本新之丞の魔剣を使って、なにごとかたくらんでいやがる。わがはいも、せいぜい、鳥居耀蔵や中野碩翁に耳をそばだててやろうじゃねえか」

第二章　三浦屋の内儀

1

　影月竜四郎は上野広小路の路地裏の『吾平』という薄汚いめし屋に入った。暮《くれ》六つ（午後六時）にはだいぶ間があったが、竜四郎のような貧乏浪人、ふところの寒そうな無頼漢、これから稼ぎに出ようかという夜鷹や岡場所の女郎、そういったはきだめに住んでいるような連中が卓に前かがみになって、めしをがつがつ食っている。

　吾平は安いけど、けっこう気の利いたものをだす。

　竜四郎は定食を注文した。値は十三文とびきり安い。米五分、麦《むぎ》五分のめしに、汁、それに、浅蜊《あさり》と葱《ねぎ》の煮つけがついている。

　竜四郎は酒を飲まなかった。雪乃からせしめた小遣いも底をつきかけている。そろそろ、稼がなければならない。

竜四郎はゆっくりとめしを食った。浅蜊と葱の煮つけが思いのほか旨《うま》く、得をしたような気分になった。

吾平を出て、上野広小路をぶらぶら歩く。夕風が青葉の匂いをほのかにはこんでくる。

竜四郎は月代《さかやき》をなでた。かなり伸びている。ずいぶんとむさくるしいだろう。

竜四郎はあごに手をやりながら、にがそうに笑った。

表通りは、けっこうにぎわっている。人通りも多い。

竜四郎は懐手《ふところで》であてもなく歩きだした。ふところ具合がかんばしくなると、顔つきまでさもしくなってくる。浪人はいやなものだ。

清水堂《きよみずどう》の工事場で、三十人ばかりの力稼《ちからかせ》ぎの人夫が、小屋の前に行列をつくっていた。日雇賃《ひやといちん》の支払いを待っているのだ。人夫の半数は浪人であった。

（大変であろう）

竜四郎はおもちを暗くした。力稼ぎは侍に合わない。体が動くようにできていないからだ。むしろ、百姓上がりや職人、工人のほうがよく働く。力仕事に慣れているからだ。

東叡山《とうえいざん》の森が薄墨色に翳《かげ》りだしている。不忍《しのばず》の池《いけ》がさざ波立っている。けっこう風がつよいのだ。

坂本町を丸髷《まるまげ》に髪を結った商家の内儀が上野広小路にむかって歩いてくる。丁稚《でっち》と女中を連れている。流行《はやり》の江戸《えど》小紋《こもん》の着物に淡色《うすいろ》の羽織、繻珍《しゅちん》の厚帯《あつおび》をむすんでいるところをみると、かなりの裕福な商家であろう。

「ふむ」

竜四郎は眉をひそめた。

商家の内儀の若妻らしい艶《つや》やかな美貌が憂《うれ》いに沈んでいるのだ。心の中に、人にいわれぬ鬱屈があるのかもしれぬ。

歩を止めた竜四郎の顔色がかわった。上野広小路のほうから、くたびれきった黒っぽい着流しの浪人が速足《はやあし》で歩いてくる。その浪人のがりがりに痩せた軀からただならぬ殺気が放射されたのだった。

鬼灯《ほおずき》のようにただれた浪人の眼が凍りついている。殺気は商家の内儀に向けられていた。

(殺す気だ!!)

そう直感した刹那《せつな》、竜四郎は利刀の鯉口を切って疾風《しっぷう》のように奔《はし》った。

痩せ浪人が顔面を蒼白にひきつらせて内儀に肉薄した。すさまじい殺気を浴びせられて、商家の内儀は全身をはげしく震《ふる》わした。

「三浦屋の内儀だな」

痩せ浪人がわめくようにいった。刀の柄を握りしめている。

三浦屋の内儀は瘧《おこり》にかかったように震えるばかりであった。

痩せ浪人が刀を抜きはなった。錆《さび》の浮いた刀だった。大上段に振りかぶると、唐竹割《からたけわ》りに斬りかかった。

そこを、影月竜四郎の軀が稲妻《いなずま》のように奔り抜けた。竜四郎の腰から斜め上に、ほとんど一瞬、一条の光芒《こうぼう》がひらめいた。

次の瞬間、痩せ浪人の口から凄まじい絶叫がほとばしった。浪人の両腕が切断され、刀を握ったまま、血汐を噴いて宙を奔ったのだった。

抜刀田宮流の恐るべき冴えである。

痩せ浪人はその場につんのめり、悪鬼のような形相で転げまわっている。断ち切られた両腕から鮮血が大量に流れでる。

「拙者は、浅草・田原町《たわらまち》の胴切《どうぎり》長屋の住人、影月竜四郎と申す」

竜四郎は懐紙で利刀の血汐を拭《ぬぐ》った。内儀は何が起こったかもわからず、ひたすら動顚《どうてん》している。

「もちろん、人別帳にも載《の》っている。保証人もいる。れっきとした江戸市民だ。おっつけ、岡っ引と町方役人がくるだろう。そのように申しあげよ」

竜四郎は商家の内儀にそういうと、そそくさと人混みにまぎれこんだ。町方役人は、にが手である。できれば関わり合いになりたくない。脛《すね》に疵《きず》を持たない浪人などいるはずがないだろう。竜四郎も、いくつも脛に疵がある。

(よき日だった。これで、当分、しのげるはずだ)

竜四郎は満足そうな笑みを浮かべた。

内儀に名を告げたのは、計算からにほかならない。礼金を持ってくるにちがいないからである。三両か、五両か、いまから楽しみだ。

浪人というのは、竜四郎にかぎらず、利害得失の勘定能力をそなえているのである。

2

はたして、翌日の昼前、田原町の裏長屋に辻駕籠がやってきた。

胴切長屋の竜四郎をたずねる。

「てまえは、日本橋伊勢町の酒問屋、三浦屋の番頭で友蔵《ともぞう》と申しますです」

三十がらみの番頭が玄関口に出てきた竜四郎に小腰をかがめてつづけた。

実直そうな番頭である。三浦屋と染めぬいた半纏《はんてん》をはおり、紺の前だれをしている。日本橋伊勢町の三浦屋といえば、赤坂、築地、本郷の超高級料理屋に酒を卸《おろ》している大《おお》店《だな》である。

「昨日は、うちの奥さまの危ないところをお助けいただきまして、お礼の言葉もございません。主人、奥さまともども御挨拶にうかがうのが筋ではございますが、商売の手前もございまして、なかなか店をあけられません。影月さまにおからだをお運びねがえないでしょうか。もとより、お駕籠を用意させていただきました」

いたって丁重である。

「拙者は貧乏浪人ゆえ、暇なら売るほどある。どこにでも参ろうぞ」

竜四郎は闊達《かったつ》に笑うと、たれをめくって駕籠に乗りこんだ。何年ぶりだろう。貧乏浪人には、駕籠などという贅沢な乗物は無縁なのだ。

田原町から日本橋、伊勢町まではかなりある。竜四郎は気持よさそうに駕籠にゆられている。駕籠に乗るという贅沢を味わっているのだ。

四半刻《しはんどき》（三十分）で日本橋、伊勢町についた。

三浦屋は表通りに店をかまえていた。軒先には大ぶりの酒瓶《さかがめ》が山と積みあげられ、番頭、手代、丁稚《でっち》など二十数人の奉公人が、それこそ、こまねずみのように汗だくで立ち働いている。

駕籠は裏手へまわった。

竜四郎は駕籠をおりた。

「どうぞ、お入りくださいまし」

番頭の友蔵は黒塀の裏木戸を開けると、小腰をかがめて竜四郎を案内した。

三浦屋の裏の庭は、カキツバタがさかりで、庭園といっていいほどみごとであった。

竜四郎は十畳間に案内された。

さすがに、三浦屋の客部屋だ。凝《こ》った造りで、床の間には高そうな掛軸がかかっていた。

竜四郎は床を背にして座した。

しばらくして、廊下に足音がして三浦屋と内儀がやってきた。

三浦屋は茶系の羽織袴で、見たところ、五十がらみであった。髷《まげ》も薄く、白髪《しらが》が目立った。

「てまえが三浦屋四郎次郎にございまする」

三浦屋が両手をついて、蛙《かえる》のように平ぺったくなった。

漆喰《しっくい》色の角張った顔は、表情にとぼしく、面白味というものがほとんどなかった。背丈《せたけ》は高く、衣紋掛《えもんか》けを入れたようないかり肩が特徴といえば特徴であった。

番頭の友蔵が敷紙でおおった三方《さんぽう》を竜四郎の前にうやうやしくさしだした。

竜四郎はあごに手をやった。山吹色のきらめきが眼にまぶしい。

十両乗っていた。

五両なら上出来と踏んでいたのに、十両とはありがたい。おもわず、口もとがほころびかける。これで、あんがい正直な男なのだ。

「家内の萩尾《はぎお》の命をお救いくだされ、お礼の申しようもございません。わずかではございますが、どうか、お納《おさ》めいただきとう存じまする」

もとより、萩尾も平伏している。肩がかすかにわなないていた。

「それでは、遠慮《えんりょ》なくいただいておこう」

竜四郎は三方の十両を懐《ふところ》に入れた。ずっしりした重みが、なんとも快い、十両など久し振りだ。

「拙者も浪人暮らしがながいゆえ、貧乏している。この金子は助かる。金とは、どれだけあっても困らぬものだ」

竜四郎は茶をとりあげ、ずずっと音を立てて飲んだ。

「それでは、てまえはのっぴきならない所用がありますれば、これにて、失礼させていただきます」

三浦屋四郎次郎が顔をあげていった。

「丁度、昼どきでもございますし、弁当などを用意させていただきました。家内にお世話をさせまするゆえ、どうか、箸《はし》をおつけになってくださいまし」

三浦屋四郎次郎はそそくさと座を立ち、廊下に消えた。

萩尾はなぜか、ほっとした様子であった。命を狙われたのが昨夜の今日だということもあり、顔色は青ざめているが、美しい表情にはどことなく解放感のようなものが感じられた。

「旨そうだ」

玉久《たまきゅう》という老舗《しにせ》の料理屋から贅沢な弁当がとどけられたのは、ほどなくであった。

竜四郎は舌なめずりした。

「貧乏浪人がきどってもはじまらぬ。拙者は旨いものがなにより好きなのだ」

穴子《あなご》、沙魚《はぜ》、車海老《くるまえび》の天ぷら、鯛の刺身、そら豆の塩茹《しおゆ》で、はらんぼう（鰹《かつお》のかま）の塩焼き、筍《たけのこ》と野菜の煮物、あわびの蒸《む》し味噌和《みそあ》え、うずらの焼き鳥などが盛りつけられている。

竜四郎は御飯を三膳も平らげた。もとより、弁当は一品も残さない。旨くて、旨くて、胃がでんぐりかえってしまったのかもしれない。

酒も遠慮なくのんだ。

銚子が五本も並んでいる。

萩尾は食事を頬張る竜四郎を好ましそうにながめていた。わずかだが、頬のあたりに血の気がよみがえっている。

「馳走にあずかった」

竜四郎は満足そうな笑顔で箸を置いた。

「あの……お帰りには、お駕籠をお呼びいたします」

「それにはおよばん」

竜四郎は手をよこに振った。

「このあたりに朋輩《ほうばい》が住んでいる。久し振りに顔をみせようと思っている。腹ごなしにもなるしな」

竜四郎は腰をあげ、腰に利刀を差した。

萩尾がいそいそと裏木戸まで送ってきた。憂《うれ》いをはらんで冴えた美貌が、なにか言いたそうであった。

しばらく歩いていると、うしろから小走りに近寄って肩をポンと叩く者があった。

暗闇の丑松である。あごを引き、「へっへへへ」と笑った。

「稲妻の竜が、大三浦屋の内儀を救うとはね。よほどつけていなさったんじゃねえか」

「そういうこともあるさ」

竜四郎は、にべもなくいった。

「毎日、盛り場を歩きまわって、無頼漢や狼《おおかみ》浪人に因縁をふっかけられて難儀《なんぎ》をしている堅気《かたぎ》の家をさがしているのだろうな」

「それも、金のありそうなやつをね」

暗闇の丑松が喉の奥で小さな笑い声を立てた。

「三浦屋の旦那とカミさん、ずいぶん、齢《とし》がはなれていると思わねえかい」

「うむ」

竜四郎がうなずいた。

「あの萩尾という女房は、後添《のちぞ》いかい」

「とんでもない、三浦屋の一人娘でござんすよ」

暗闇の丑松がげじげじ眉を吊りあげた。

「たしか七年前だったぜ。三浦屋の先代が柳橋の料亭で遊んだ帰りに大川にはまって死んじまってね。それで、十八歳だった萩尾ちゃんが、惣番頭《そうばんとう》の治平《じへい》を婿《むこ》にして、三浦屋を継《つ》いだってのよ。治平は三代目三浦屋四郎次郎を名乗って七年になるが、どういうわけか、いまだに貫禄も、信用もそれほどなくてね」

「それで、夫婦仲はどうなんだい」

「円満なはずがねえじゃねえかな」

丑松がけわしいおももちで頰をへこませた。

「伊勢町小町《こまち》と謳《うた》われた萩尾ちゃんが、どうして親子ほども齢《とし》のちがう惣番頭の治平の嫁にならなきゃならねえんだってんだ。萩尾ちゃんは三浦屋のために、自分を殺して治平と一緒になったのさ。そのためかどうかしらねえが、所帯をもって七年経っても、子宝ってやつに恵まれねえ。おそらく、萩尾ちゃんは亭主とおなじ部屋で寝ていねえんだろうぜ」

「くせえな」

竜四郎の眼がにぶい光をはなった。

「昨日《さくじつ》の浪人は明らかに萩尾を狙った。斬りつける前に、三浦屋の内儀だなと、ごていねいに念を押しやがったからな」

「竜さん、浪人はだれかに頼まれた殺し屋だっていうのかい」

暗闇の丑松が竜四郎の横顔をのぞきこんだ。

「おそらく、まちがいないだろうよ」

竜四郎の貌に、にがそうな笑みがにじんだ。竜四郎自身、何度も深川の暗黒街に君臨する元締《もとじめ》とやらから殺しを依頼されたことがあるのだ。

「どっかの暗黒街の元締に萩尾の始末を頼んだのは亭主の治平ってわけかい」

丑松が人差指で眼もとを掻《か》いた。

「そうとしか考えられないだろうぜ。もっとも、拙者には関係のないはなしだがな」

竜四郎は気がなさそうにつぶやいた。上野広小路を通りかかり、坂本町から歩いてきた萩尾を救けたのは、偶然の産物いがいのなにものでもないのだ。

「外では三浦屋四郎次郎でも、家の中ではいつまでたっても治平でしかないからな。治平としても、おもしろくないだろうさ」

竜四郎の眉間にかすかな縦皺《たてじわ》が刻まれた。大川にはまって死んだという先代の三浦屋も、治平が殺したのではあるまいか。そんな疑惑が、ちらと竜四郎の頭のすみをかすめた。

「ところで、竜四郎の旦那」

丑松が小狡《こず》るげな顔にさもしそうな笑みをにじませた。

「三浦屋が駕籠で呼びつけたんだ。かなりの礼金が出たんじゃねえのかい」

「まあな」

竜四郎はふところから小判を一枚つかみだすと、丑松の手に握らせた。

「とっときな」

「こいつはどうも」

丑松が嬉しそうに相好をくずした。

「けっこうなお金じゃございませんか。ありがたくいただくぜ」

「なに。持ちつ持たれつさ」

竜四郎が不精ひげのまばらな頬をさすりあげた。

それにしても、暗闇の丑松のねばりもたいしたものである。けっこう気のいいところもあるのだ。

3

影月竜四郎は今戸の文次と連れ立って、大川に架《か》かる言問橋《ことといばし》をわたり、亀屋町《かめやちょう》の角の飯《い》田庵《だあん》というそば屋ののれんをくぐった。穴子の天ぷらで人気を得たそば屋で、暮六つ前だというのに、かなりたてこんでいた。

竜四郎は席料をとられるのを承知で、奥の六畳間にあがり、今戸の文次と向かい合うと酒を注文した。

「穴子と、それから沙魚《はぜ》の天ぷらも頼むぜ」

竜四郎がいった。

酒がきた。

竜四郎は二合徳利をかざして、今戸の文次のぐい呑みに酒を満たした。

「こいつは、どうも」

今戸の文次は嬉しそうにぐい呑みを口にはこんだ。女房にはきもの屋をやらせているだけに、この岡っ引はそれなりに質《たち》がよく、正義感も持ち合わせている。

「暗闇の丑松から小耳にはさんだんだがね、今戸の親分」

竜四郎がぐい呑みに酒をぐびりとふくんだ。

「今年に入って、待乳山下に辻斬りが三度も出やがったそうじゃないか」

「その通りでさ、竜四郎の旦那」

今戸の文次が眼をけわしくして、わずかに身をのりだした。

「三度とも、あっしが立ち合ったんですがね、三人とも、すさまじい斬り口でしたぜ。斬った辻斬り野郎は、よほどの凄腕にまちがいありませんぜ」

「うむ」

竜四郎の精悍《せいかん》な双眸が強く光った。待乳山下の辻斬りが妙にひっかかったのは、斬り殺された三人の斬り口が想像を絶する凄まじさだったというからだ。

「殺された三人の懐中物は無事だったそうじゃないか」

「へい」

今戸の文次はあげたての穴子の天ぷらを天つゆにひたすと、さも旨そうにむしゃむしゃと食った。この時期の江戸前の穴子は、脂《あぶら》がのってじつに美味《うま》いのである。

「商家の旦那は十二両がとこ、紙入れに入ってましたがね。下手人は眼もくれませんや。どうやら、身分の高い御仁かもしれませんぜ」

今戸の文次がはしっこそうな眼をきらりとさせた。

「銘刀《めいとう》の試《ため》し斬《ぎ》りってところか」

竜四郎がむずかしげなおももちで、あごに拳《こぶし》をあてがった。

「腕自慢の大名や旗本には、銘刀を私蔵している者も多いからな。伝家の宝刀で、そのむかし、戦場《いくさば》で、幾多の敵の血を吸ったものもあるときく」

「竜四郎の旦那、滅多《めった》なことをいうもんじゃありませんぜ」

今戸の文次がはげしく手を横に振った。

「口ってやつは、わざわいの元でござんすからね。おかしなことをいうと、手がうしろにまわっちまいますぜ。八丁堀の旦那連中も、待乳山下の件にはおよび腰なんですから」

「つまり、八丁堀の同心たちも、待乳山下の辻斬り事件には、知ってはならないことが隠されているという同心のカンがはたらいているってわけだ」

竜四郎は皮肉っぽく薄笑うと、今戸の文次のぐい呑みに酒を満たした。

（この待乳山下の辻斬りの一件の真相をえぐりだせば、まちがいなく金になる。それも、五百両、千両という大金だ）

竜四郎の不精ひげのうっすら生えた横顔に、獲物《えもの》の臭《にお》いを嗅《か》ぎつけた狼のような凄味がこもった。

4

竜四郎は、玄関の障子戸を叩く音で起こされた。雨戸の隙間から洩れてくる陽がまぶしい。

すでに太陽はだいぶ高いようだ。

浴衣《ゆかた》のまま、玄関を降りて、障子戸を開ける。

「おはようございます」

髪に布をのせた少女が愛想よく笑いかけた。掃除道具を手にしている。

「あたしは、三浦屋の女中で、お順と申します。萩尾奥さまから影月竜四郎さまの部屋の掃除を申しつかりましてございます。よろしくおねがいいたします」

お順は部屋に上がると雨戸を開けはなち、手際よくウジのわきそうな万年床を干した。

竜四郎の住んでいる田原町の胴切長屋は、六畳一間きりで、あとは台所だ。厠《かわや》と井戸は、当然ながら共同である。

顔を洗い、着替えをすませ、六畳間で手もちぶさたそうにしている竜四郎に、お順は破れ障子にはたきをかけながら、田舎娘の素朴な笑顔を向けた。三浦屋に奉公にあがって、まだ一年そこそこだろう。

「あの竜四郎さま、日本橋・伊勢町の玉久に萩尾さまが部屋をおとりいたしました」

「なんだって？」

竜四郎は眉をひそめた。

「どういうことだ」

「お昼をご一緒いたしましょうという意味でございますよ。竜四郎さまったら、わかっていらっしゃるくせに」

お順は笑いながら竜四郎の肩をぶつ真似をした。

「そうだ、御相談したいことがあるともおっしゃっておりました。横町に駕籠を待たせてございます。玉久へおいでなさいませ」

竜四郎はお順にせきたてられるようにして、駕籠にのった。妙な気分だが、玉久の昼弁当にありつけると思うとまんざらでもない。痩せ浪人は旨いものにからきし弱いのである。武士の矜《ほこ》りなどというものは、もはや、どこを捜してもない。

この冬、江戸で凍死者と餓死者が毎日、二百人ほどでたが、その七割は浪人だという。浪人といっても、以前侍だっただけで、浮浪者となんら変わりがないのだ。

「丑松のやつは、三浦屋の内儀は、だれかの依頼を受けた暗黒街の元締に雇われた殺し屋に狙われたといったな」

竜四郎の目もとに険《けわ》しい色がただよった。

上野広小路での暗殺は、竜四郎の予想外の出現によって失敗に終わった。

だが、暗黒街の元締は三浦屋の内儀殺害を大金で請負《うけお》ったのだ。一度の失敗であきらめたりするものか。

「つまり、三浦屋の内儀にはこの先もつねに殺しの危険がつきまとっているってわけだ」

竜四郎の双眸《そうぼう》が不敵な凄味をはらんだ。

5

萩尾は玉久の十畳間で、脇息にもたれながら、庭をぼんやりながめていた。ツツジがみごとなまでにあざやかに咲き誇っている。緋鯉《ひごい》の泳ぐ小さな池の畔にはアヤメとカキツバタが風情ある紫色の花を咲かせている。

(竜四郎さまは、いらっしゃるだろうか)

萩尾の瞳がこころもとなげに瞬《またた》いた。お順を掃除にやったことといい、玉久に昼弁当を用意したことといい、あまりにもおしつけがましすぎただろうか。

でも、影月竜四郎に会いたい。

にがみばしった風貌と闊達《かったつ》な笑みが、いまも萩尾の脳裡に生きいきとのこっている。

(わたしは、治平とむりやり一緒にさせられた。親子ほども齢のちがう治平と)

萩尾が唇をかんだ。膚《はだ》の薄いこめかみがかすかにひきつっている。

萩尾は三浦屋の一人娘だった。小さい頃は伊勢町小町といわれ、ずいぶんともてはやされたものである。

七年前に、優しかった父、三浦屋四郎次郎が大川にはまるという事故死を遂げ、惣番頭の治平が当時十八だった萩尾の婿《むこ》となった。

萩尾は、なんのことか事態ものみこめずに二十五歳も年齢のちがう治平の妻にさせられてしまったのだ。萩尾にすれば、理不尽この上ないはなしである。

夫婦になったとはいえ、萩尾は治平に愛情など持てるわけがない。世間的には日本橋・伊勢町の酒問屋の三浦屋四郎次郎だが、家庭では丁稚から三浦屋に奉公した治平にすぎないのだ。

二十五歳という年齢差も、萩尾には抵抗を感じる。治平にたいする不潔感をどうしてもぬぐえないのだ。

陰険で、なにを考えているかわからないところのある治平は、萩尾にとって、良人どころか、気色の悪い初老の男でしかないのである。

聞くところによると、治平は数人の女を囲っているらしい。そのうちの一人に、男の子ができたという。

むろん、萩尾はそのことに関して、知らぬ顔の半兵衛を決めこんでいる。もうかれこれ三年間も、萩尾は治平と同衾《どうきん》していない。これでは子どもができるはずがないではないか。むろんよそで治平がこしらえた子供など、萩尾は後継ぎにするつもりはない。場合によっては、治平を追いだそうかとも思っているのだ。

家付き娘は、いずれの世でも強いのである。

「竜四郎さま」

萩尾は、うつむき加減に胸でつぶやいた。影月竜四郎のことを想っていると、なんだか身内《みうち》が温かくなってくるような気がする。

これまで、萩尾の胸は凍えていたのだ。

萩尾は、治平しか男を知らない。治平が胎内に入ってくるとき、女の部分に引き裂かれるようなはげしい痛みをおぼえた。

それだけである。

感動もへったくれもない。

治平がしきりに萩尾の体を求めたのは、最初の一年ぐらいのものだった。その後は、三カ月に一度ほど思いだしたように寝所に軀をはこび、萩尾を抱いた。萩尾は治平から一片の愛情も感じなかった。

夫婦仲が冷えきってしまうのも当然であろう。

「わたしは、殺されかけたのだわ」

突然、萩尾は瞳を大きくみひらいた。悪鬼のごとき浪人が肉薄してきた。その凄まじい殺気を浴びて、萩尾は金縛り状態になってしまったのだ。

殺される!!

萩尾の背筋が凍りついた。

そこに、影月竜四郎が躍り込んできて、萩尾に襲いかかってきた浪人の両腕を切断したのだった。

萩尾を襲った浪人は町方役人にひきたてられていったが、出血多量で死んだそうである。したがって、事件の真相はわからない。

廊下に足音がする。

「お連れさまがいらっしゃいました」

仲居の声に、萩尾は思わず破顔した。熱いものが躰の深奥から潮《うしお》のようにせりあがってくる。じつは、竜四郎は誘いに応じないのではないかという一抹《いちまつ》の不安を感じていたのだった。

「やあ」

影月竜四郎は十畳間に躰をはこぶと、屈託のない笑顔をみせた。すべて、伊勢町の家にきた二日前とおなじである。

「おまねきによって、あつかましく参上いたした。お内儀、浪人とはあつかましいものと心得られよ」

竜四郎は用意された上座に腰をおろすと、愉快げに笑い声をたてた。萩尾もつい笑いをさそわれ、口許《くちもと》に手をあてがった。

酒がきた。

「お酌をさせていただきますわ」

萩尾は匂うように笑うと、竜四郎の隣りに席を移し、蒔絵《まきえ》の銚子をとりあげた。

肴《さかな》も、次々にはこばれてくる。鰹《かつお》の刺身《さしみ》、鮎の塩焼き、筍《たけのこ》の土佐煮、白魚の揚げものなど、旬の素材ばかりで、どれもこれも、竜四郎には涎《よだれ》のでるほど旨そうだった。

「わたしも、いただこうかしら」

萩尾がぐい呑みをかざした。

「それはけっこう」

竜四郎はにこりと笑い、萩尾のぐい呑みに酒を満たした。

萩尾は白い喉を反らせると、ぐい呑みを口にはこんだ。人肌の燗酒《かんざけ》が喉をとおって、胃へ落ちていく。からだのなかが、かっと熱くなる。

「おいしい」

萩尾は眼をほそめた。

「ところで」

竜四郎がするどい眼差しをつくった。

「拙者の長屋の掃除にきた女中が、お内儀は拙者に相談ごとがあるとか申していたが」

「はい」

萩尾はぐい呑みを膳に置くと、容《かたち》をあらためた。

「影月さま、わたしは上野広小路で殺されかけたのでしょう」

「さあ」

竜四郎はむずかしげなおももちであごをなでた。

「お調べなさった八丁堀のお役人が、そのように申されました。影月さまがお助けしてくださらなかったなら、わたしは血汐《ちしお》を噴《ふ》いて斬り殺されていたそうです」

萩尾の張りのある瞳に緊迫した色がこもった。

「あの浪人は、だれかに雇われた殺し屋なのですわ。そうにちがいありません」

「…………」

竜四郎はなにもいわずにぐい呑みの酒を喉にながしこんだ。

「この江戸には、三両や五両のカネで、人殺しを請負う浪人がいくらでもいる」

竜四郎の横顔に暗い澱《おり》のような翳《かげ》りがおりた。

「切羽詰《せっぱつ》まっていれば、一両でも人を殺すかもしれない。そのように飢えきった危険なけだものが、獲物をさがして、江戸の歓楽街をうろつきまわっていると知られよ」

竜四郎は真剣なおももちで、萩尾に顔を向けた。

「お内儀、かく申す拙者も貧乏浪人だ。ふところがあたたかいためしは滅多にない。何の職もなく、暮らしに困れば、ゆすりやたかり、もっとひどいこともする。それが浪人というものだ」

「でも」

萩尾は不服げに竜四郎に身を寄せ、頬にからんだほつれ毛をかきあげた。

「竜四郎さまは、ほかの浪人とはちがいますわ」

「ははっ」

竜四郎がにがそうな笑い声をたてた。

「かいかぶらないでくれ。拙者も、そこいらをうろついている尾羽《おは》打ち枯らした浪人と寸分も変わらぬ」

竜四郎は鰹の刺身を口に入れた。もとより、今年初めてだ。さすがに玉久の鰹は脂《あぶら》がのっていてべらぼうに旨い。

「このようなことは申しあげにくいのだが、お内儀は、どうやら何者かに命を狙《ねら》われているようだ」

竜四郎が眉間に縦皺を寄せた。

「心当たりがございます」

萩尾はきっぱりといった。良人の治平いがいに考えられない。治平こと三浦屋四郎次郎にとって、家付き娘の妻萩尾は邪魔者《じゃまもの》でしかないのである。

「あまり外へ出ないほうがよい。他出するときは、腕達者な身辺警護をつけられよ」

「身辺警護でございますか」

「平たくいえば、お内儀の身を守る用心棒だ」

「竜四郎さまがなっていただけますか」

萩尾の瞳がかがやいた。

「俸給をいただければ、拙者はよろこんでお内儀の身辺警護を務《つと》めよう」

「いかほど、差し上げればよろしいのでしょう」

「相場は一日、一分だ」

そういうと、竜四郎は茶目《ちゃめ》っぽく笑った。

「相談事はこれまでだ。これからは食事に専念しなければな。せっかくのご馳走を味わいつくそうぞ」

6

その夜。

影月竜四郎は深川・鎌倉河岸《かまくらがし》の小料理屋『しずか』に暗闇の丑松を呼びだした。

奥の六畳間である。

「酒と、それから、肴を適当にみつくろってくれ」

竜四郎が注文した。

「なにかあったね。竜四郎の旦那」

暗闇の丑松が図太い笑みを口のはしににじませた。

「この丑松を気の利いた小料理屋にさそってくださるんだからな。いっておくが、『しずか』はお安くねえよ」

「まあ、一杯、飲《や》ってくれ。丑松」

竜四郎は二合徳利をかざして、丑松のぐい呑みに酒を満たした。

丑松がぐいと飲む。

「水っぽくねえ旨い酒だ。やはり、安いめし屋の酒とはちがうわな」

小さな眼をことさらすぼめた。

「三浦屋の内儀が浪人に襲われた件に関わりができちまってな」

竜四郎は蛤《はまぐり》の煮びたしに箸をつけた。

「そこで、地獄耳の丑松に協力していただきたいのさ。小判を二枚、奮発《ふんぱつ》しようじゃないか」

「小判二枚とは、こいつはまた豪勢なことだぜ」

丑松がやる気まんまんで身を乗りだした。

「上野広小路で三浦屋の内儀を斬り殺そうとした浪人は、どこの元締に雇われたのか、そいつを調べてもらいたい」

竜四郎が声をひそめた。

「なんとも気骨の折れる仕事だが、小判二枚と聞いちゃ、あちこちの暗黒街を走りまわらなけりゃならねえな」

丑松はにやりと笑うと、小鉢のうどの塩揉みに箸をつけた。

「稲妻の竜は、まさか惚れたわけじゃないだろうが、三浦屋の内儀をお救い申しあげる肚だね」

「まあな」

竜四郎は、小指の先で眼元を搔いた。依頼人から殺しを請負った暗黒街の元締を倒さないことには、三浦屋の内儀萩尾を救うことができないのだ。

「それから、三浦屋の旦那について、くわしく調べてくれ。幾人か、妾を囲っているはずだ」

「あの野郎は、惣番頭の頃から女癖《おんなぐせ》が悪くてどうしようもなかったんだ。よろこんで調べさせてもらうぜ」

丑松が息巻くようにいった。

「惣番頭の治平は、根津権現《ねづごんげん》の水茶屋の茶汲女《ちゃくみおんな》にいれあげて、店のカネを使い込んだって噂もあったほどなんだ。旦那の四郎次郎が大川にはまって死んじまったんで、すべてがうやむやになっちまったがな」

「やはり、におうぜ」

竜四郎の双眸が暗く光った。

「惣番頭の治平が殺し屋を雇って、先代の三浦屋四郎次郎を大川に叩き込んだってことも十分にありうるはなしだぜ」

「そのへんも、三浦屋の友蔵や四番番頭の小吉にあたってみることにするぜ」

丑松がぐい吞みの酒をすすりこんだ。

「竜四郎の旦那、あんたが両腕を叩き切った狼浪人だが、野郎は山崎重五郎といって、小野派一刀流の凄腕《すごうで》だったそうだぜ。これまでに、幾度も殺しを請負ったってはなしだ」

「深川や本所、両国、浅草あたりでは、見かけない貌だったがな」

竜四郎が眉根を曇らせた。

「山崎重五郎の稼ぎ場は、なんといっても内藤新宿《ないとうしんじゅく》だからな。内藤新宿は両国広小路をしのぐ歓楽街になっているそうだ。岡場所だけでも百五十軒はくだらないとさ」

丑松が喉の奥で笑った。

「岡場所と博奕場《ばくちば》のあるところには、人があつまり、金が落ちるってことよ。無頼漢や物騒この上ない野良犬浪人もずいぶんうろついているそうだぜ」

「すると、山崎重五郎を雇った暗黒街の元締は内藤新宿とつながりの深い奴かもしれんな。内藤新宿の事情通もいるだろうさ」

竜四郎が思案げに顔をうつむけた。

「とにかく、三浦屋の内儀の件は、この丑松に任せてくんな。地獄耳の暗闇の丑松にな」

丑松が空の二合徳利を振りあげて小女《こおんな》を座敷に呼んだ。他人さまのカネだと、いくらでも飲む男である。

竜四郎はにがそうなおももちで、小さく舌打ちした。

7

南茅場町《みなみかやばちょう》の右手に松平和泉守の屋敷がある。その白壁が途切れた路地の奥に、柿内哲《かきうちてつ》也斎《やさい》が道場をかまえている。門弟の頭数は百五十をこえるというから、江戸でも一流の町道場である。

祖を剣聖伊藤一刀斎景久《かげひさ》とする一刀流は、いつまでたっても、すこぶる人気が高い。一刀流を学んだ柿内哲也斎は柿内一刀流と称している。七十歳になろうというのに、柿内哲也斎はまだまだ矍鑠《かくしゃく》としていて、弟子を二人ほど連れて、どこでも出稽古にでかける。

座談がじつに巧みで、哲也斎のはなすむかしの名人、剣客の逸話《いつわ》には深い味わいがあり、大名や旗本大身の庇護《ひご》も大きい。

大名や旗本には柿内哲也斎が出稽古にくるのを楽しみにしている人が多い。もとより、名人、剣客の逸話を聞くためである。

柿内哲也斎は藩邸などに出稽古に行くと、稽古は弟子にまかせて、藩主にすすめられるままに座敷にあがり込み、熱い茶などをすすりながら、座談に興ずる。藩主らは眼をかがやかして柿内哲也斎の話に聞き入る。

柿内哲也斎という飄々《ひょうひょう》とした老剣客は、剣よりも話術の天才なのではあるまいか。祖の伊藤一刀斎の逸話はもとより、あまり知られていない伝説の剣豪斎藤伝鬼房《さいとうでんきぼう》や柳生石舟斎《やぎゅうせきしゅうさい》などを俎板《まないた》に乗せ、講釈師のように料理してしまうのである。しかも、話がまことに面白いのだ。人気があって当然であろう。

南茅場町の柿内道場は、門がまえもすばらしい。敷地は四百坪もあるという。

この道場に、若衆髷を結いあげ、蘇芳色の陣羽織をはおった栗本新之丞があらわれたのである。

七十余人が稽古している大道場に、異様な緊迫感がただよったのはいうまでもない。

柿内哲也斎は旗本五千石の大久保大和守の屋敷に出稽古に行っていて、留守であった。

「栗本新之丞どのと申されたな」

師範代格の藤井猛蔵《たけぞう》が厳粛《げんしゅく》なおももちで栗本新之丞の前にすすみ出て、座し、つげた。

「貴公が江戸の大道場を訪れては立合いを挑み、ことごとく打ちまかしていることは承知しておる。されど、当柿内一刀流は他流との立合いを慎《つつし》んでいる。したがって、貴公と立合いはいたしかねる。早々にひきとられよ」

「ふっ」

すさまじいばかりに清らかな栗本新之丞の美貌に、黴《かび》のような冷笑がただよった。嘲《ちょう》弄《ろう》と受け取る者もいるにちがいない。それほど不快な病的な笑みであった。

「江戸の大道場は、他流との立合いを禁ずると申して、ことごとく、それがしをしりぞけようとする。それがしの京・鞍馬乱八《くらまらんはち》流がよほど怖《こわ》いのであろう」

五尺そこそこの栗本新之丞はたずさえてきた革袋から黒光りする小太刀を取りだすと、ある種狂的な笑みを浮かべつつ、道場内の門人ひとりひとりをながめまわした。

「ええい!!　糞!!」

憤然として立ちあがった者があった。いからせた貌《めん》に湯気が湧《わ》いている。よほど憤激《ふんげき》しているのだろう。

「栗本新之丞、貴様を怖れたとあっては、柿内一刀流の沽券《こけん》にかかわる。拙者が立ち合ってくれるわ」

沼林勝也《ぬまばやしかつや》という三千五百石の旗本の次男である。柿内道場でわが腕を磨《みが》き、ゆくゆくは道場をかまえるのが夢という若者であった。

それだけに、腕にも自信がある。柿内道場でも三本の指に入るかという強さであった。

「沼林、止めよ」

藤井猛蔵の静止をふりきるようにして、沼林勝也は道場の中央に進み出ると、敵意をこめて栗本新之丞を睨みつけた。

栗本新之丞は例の病的な笑みを口の端《はし》ににじませたまま、立ち上がり、沼林勝也と対した。

柿内道場は息詰まるような沈黙に支配された。七十余人の門人たちは、江戸の大道場がすでに十八軒も栗本新之丞の小太刀によって敗《やぶ》れたことを知っている。立ち合った相手は、いずれも命を落としている。すべてが凄惨すぎる遺体であった。

「斬!!」

五尺八寸五分の沼林勝也は、五尺そこその栗本新之丞を威圧するように、赤樫の木刀を大上段に振りかぶった。

栗本新之丞はごく普通の星眼《せいがん》のかまえである。奇《き》を衒《てら》ったところは、いささかもない。

沼林勝也は撃ち込む呼吸をはかっていた。乱八流という栗本新之丞の小太刀が、星眼からいかに変化するかなど、毛すじほども頭になかった。

沼林勝也は、小柄な栗本新之丞の星眼のかまえを見て、勝てると踏んでしまったのである。うぬぼれや過信ほど恐ろしいものはないのだ。

まさに、魔の誘惑であった。

沼林勝也がずいと踏み込んだ。

「いかん!!」

藤井猛蔵が顔色を変えて思わず叫んだ。悲痛な叫びであった。

「きええい!!」

沼林勝也は裂帛《れっぱく》の気合を発するや、渾身《こんしん》の力をこめて、赤樫の木刀を大上段から栗本新之丞の頭蓋めがけて振り降ろした。

刹那《せつな》、栗本新之丞の矮軀《わいく》が飛燕《ひえん》のように空中を翔《か》けたのである。門人たちは、唖然《あぜん》とするばかりであった。

ガッ!!

烈《はげ》しい音とともに、沼林勝也の額がすさまじい勢いで撃ち砕かれた。

その柘榴《ざくろ》のような傷から鮮血が瀑布《ばくふ》のようにほとばしった。たちまち、沼林勝也の顔から上半身が血に染まった。

沼林勝也はそのままのけぞり、仰向けざまに倒れ伏した。息絶えた顔面は、血汐で真っ赤だった。

「失礼」

栗本新之丞は魔的な美貌に病的な笑みをにじませたまま、馬鹿にするようにかるく会釈して、柿内道場から去った。追おうとする者は一人もいなかった。

松平和泉守の屋敷の白塀の角を曲がり、南茅場町の表通りに出て、数歩、歩いたとき、栗本新之丞の背後からひかえめに声がかかった。

「そつじながら、栗本新之丞どのでございますな」

立派な身装《みなり》の武士であった。黒紬《くろつむぎ》の羽織袴《はおりはかま》で、腰の大小もりゅうとしている。

「それがしは公儀目付、近藤達之進と申す。どうか、お見知りおきねがいたい」

「御公儀の御目付衆ですと？」

栗本新之丞はいぶかしげに眉根を寄せた。

「それがしは一介の武芸者でござる。その武芸者に御目付衆がいかなる用でございましょう」

「貴殿が江戸にあらわれて以来、江戸の剣術界は騒然たる気運がたちこめておる」

近藤達之進が栗本新之丞の双眼にひたと視線を据えていった。いかにも切れ者らしいするどい眼であった。目付らしい狷介《けんかい》さもそなわっている。

「柿内道場で十九軒目ですな。立合いを申し込んで、打ち破った道場は」

近藤達之進の薄い唇のはしに、冷えた笑みがにじんだ。

「立ち合って打ちまかした者は二十七人、すべてが即死に近い状態だったそうですな。栗本どのの太刀筋が、それほどまでに激烈だったのでありましょう」

「武芸者の立合いは、死は覚悟の上でございます。もとより、罪は問われることはない」

栗本新之丞はややかん高い声できっぱりといった。近藤達之進が目付だと聞いて、どうしてもかすかな畏怖《いふ》をおぼえてしまう。すなわち、公儀御目付衆とは、人から怖れられる存在なのである。

「立ち話もなんでござろう。駕籠を用意してござる。吉原まで参りませぬか。栗本どのをお待ちになっている御方がございますれば」

近藤達之進が意味ありげな薄笑いを浮かべた。栗本新之丞は吉原に足を踏み入れたことなどないと踏んでいるのである。

吉原は売色のちまたではない。治外法権《ちがいほうけん》というか、日本の別天地であり、江戸における最高級の社交場なのだった。ふところ具合がさほどに潤沢《じゅんたく》ではない武芸者が吉原大門をくぐり、絢爛《けんらん》たる世界にからだをはこべるはずがないではないか。

陽が西に傾きつつある刻限であった。

南茅場町から吉原までは、さしたる距離ではない。駕籠で四半刻（三〇分）というところか。

網代駕籠《あじろかご》が二挺《にちょう》、栗本新之丞と近藤達之進の前でとまった。辻駕籠ではない。近藤達之進が用意した駕籠である。もとより、栗本新之丞はこのように立派な駕籠に乗ったことがあるはずもない。

網代駕籠は二人を乗せると、足どりも軽やかにすすみだした。

金龍山浅草寺につく。この浅草観音からむこうは、いわゆる吉原田圃《よしわらたんぼ》である。道は山谷《さんや》堀《ぼり》までひとすじであった。

駕籠のなかで、栗本新之丞は妙な胸さわぎをおぼえていた。心のときめきといってもいい。

二十五歳になるのだから、当然、女は知っている。だが、花魁《おいらん》は知らない。京の島原にも縁がなかった。

剣を握れば魔物のような太刀筋を発揮する栗本新之丞であるが、剣をはなれれば、ただの世間知らずの田舎武芸者にすぎない。吉原にも人並に興味があったが、なんとなく畏《こわ》くて、なかなか近寄れなかったのだ。

みわたすかぎりの田圃のむこうに、きらびやかな吉原の灯がうかびあがっている。

栗本新之丞はなぜか、股間が微妙に熱くなった。

凄絶ともいえる美貌である。実際は二十五歳だが、十六、七歳にしか見えないだろう。若衆髷《わかしゅうまげ》のせいかもしれないが、稚児《ちご》とまちがえられることもしばしばだった。

もとより、女には不自由したことがない。いい寄ってくる女はいくらでもいる。だが、栗本新之丞は媚《こ》びたり、色目をつかったりする女に興味はなく、いつも、そっけなくしりぞけてしまう。

（吉原の花魁は、そのような安っぽい女どもとは質がまったくちがう）

栗本新之丞は駕籠のなかで何度も生唾《なまつば》を呑《の》みこんだ。股間のうずきがはげしい。男であることの証拠であろう。

ほどなく、駕籠が堤《つつみ》にのぼった。山谷堀のちっぽけな土手《どて》だが、だれがつけたか、通称は大きく、日本堤《にほんづつみ》という。

日本堤に沿って、黒塗りの吉原大門に近づいたところで、駕籠がとまった。駕籠で大門をくぐることは、ゆるされていないのである。

「さて、参ろうか」

近藤達之進は、なにやら心細げな栗本新之丞の腰をおすようにして、吉原大門をくぐった。

それを物陰から見ていた者がある。片岡直次郎である。

大門から突きあたりの水道尻《すいどじり》まで、幅の広い道がまっすぐにのびている。仲之町《なかのまち》通りだ。

まだ夕暮なのに、贅《ぜい》を尽くした衣装の嫖客《ひょうかく》たちが粋《いき》な扇子などを手にしてのんびり往来している。

仲之町通りの両側には、細い朱格子《しゅごうし》の傾城屋《けいせいや》がつづき、格子の中では華《はな》やかな衣装をまとった花魁たちが張見世《はりみせ》をしている。

大門を入ってすぐのところに高級料亭とみまがうばかりの凝《こ》った造りの茶屋が、数軒、軒を連ねている。これらの茶屋は料理屋も兼ねていて、吉原芸者も呼べるが、本業はそれぞれの妓楼《ぎろう》へ上客を送り込む仲介機関なのである。

「ここへ入ろう」

近藤達之進は栗本新之丞を連れて茶屋の一軒に入った。土間に三尺の油障子がはまっている。そこに『松本巴《まつもとどもえ》』という屋号が書かれている。

若い仲居がこぼれるような愛想で、二人を二階に案内する。

朱漆《しゅうるし》の大ぶりの卓があり、上座の脇息に、狷介な感じの四十がらみの武家がもたれていた。幕府の高級官僚であろう。綺羅《きら》な身装をしている。

「栗本新之丞どの、これなる御方は、幕府の若年寄補佐役鳥居甲斐守耀蔵《とりいかいのかみようぞう》さまである」

近藤達之進が丁重な物腰で紹介した。

「栗本新之丞にござります」

栗本新之丞は両手をついて、深々とこうべを垂れた。若年寄補佐という役職が、いかなる権限をもつのか、もとより、知るよしもない。ただ、幕府の偉い人物であることは察しがつく。

栗本新之丞がおそるべき魔剣の使い手であろうとも、ただの武芸者にすぎない。つまりは、町人か、野良犬あつかいされている浪人でしかないのだ。

この泰平の世に、剣客など無用の存在なのである。町道場でもかまえないかぎり、剣客で食う道はないといってよい。

「失礼ながら、そこもとについて、いささか調べさせてもらった」

近藤達之進は出された熱い茶をとりあげた。鳥居耀蔵は脇息にもたれたまま、意に介する様子もなく黙っている。あまり目立った特徴のないのっぺりした貌《かお》には、なんの表情もあらわれなかった。それでいて、この抜け目のない男は、栗本新之丞をしっかり観察しているのである。

「そなたは、神田明神下《かんだみょうじんした》・仲町に道場をひらいていた栗本平内の子息で、幼い頃から剣の天稟《てんぴん》があった。驚嘆《きょうたん》するほど敏捷《びんしょう》だったというではないか」

「それほどでもございませぬ」

栗本新之丞は、はにかむように若衆髷に手をやった。清らかな顔がなぜか、ひどく稚《おさな》く感じられた。なにかしら精神的に成長がとまってしまったのかもしれない。

（いずれにせよ、尋常の精神はしておらぬ。ある種の異常者であろう）

鳥居耀蔵の細い眼がかすかに瞬《また》いた。使えそうだと判断した様子であった。

「栗本平内の心形《しんぎよう》一刀流は、さほどに人気がなく、門弟も十人そこそこで、暮らしは苦しかった。いたしかたなく、栗本平内は神田・多町《たちよう》大道場をかまえる直心影《じきしんかげ》流の大河内太兵衛の代稽古をつとめて、生計を立てていた」

近藤達之進の言葉に、栗本新之丞は神妙なおももちで耳を傾けている。膝においた両手は袴を握りしめている。苦しかった子供の頃がよみがえってくるのかもしれない。母親は新之丞が七歳のとき、病没している。

「父親の栗本平内は、そなたが十七歳のときに死んでいる。多町の大河内道場にやってきた武芸者と立ち合い、木刀で頭蓋を叩き割られたのだ」

近藤達之進はずずっと音を立てて茶をのむと、眼差しをするどく新之丞に向けた。

「そなたの父親を倒した武芸者は、奈良林弥七郎だ。いまでは駿河台《するがだい》・木挽《こびき》町《ちよう》に奈良林一刀流の大道場をかまえ、門人も三百人をこす。江戸屈指の大道場だ。栗本どの、そなたの狙いは、駿河台・木挽町の奈良林弥七郎を倒し、父平内どのの仇を討つことか」

声がたたみかけるようにするどい。

「それも、もちろん、ありまする」

栗本新之丞がいった。絵から抜け出てきたような清稚なおももちに、さほどの気負いもない。

「それがしは、強い武芸者との試合がしたいのです。名だたる剣客に勝ったときに、無上の喜びをおぼえるのです」

新之丞の言葉にいつわりはないようだ。

鳥居耀蔵は思いだしたように茶碗をとりあげた。

目鼻の冴えが女にも勝ってみずみずしい美貌《びぼう》の若侍は、試合に勝つのがたまらなく嬉しいのだ。剣の道をきわめようとする求道者《ぐどう》でもなければ、おのれの名を売って立身出世をしようというのでもない。

(つまりは、魔性が魂に棲《す》んでいるのよ)

鳥居耀蔵の魚の鱗《うろこ》をはりつけたような眼に薄気味わるい笑みがにじんだ。

「栗本新之丞とやら、真剣で他人《ひと》を斬り殺すのは、試合で相手を打ち倒すよりはるかに興奮すると申すぞ」

鳥居耀蔵がぼそぼそといった。ほとんど抑揚《よくよう》のない無機的な声であった。

「それがしも、真剣で勝負をしたい。されど、真剣の立合いは許されておりませぬ」

栗本新之丞がくやしげに唇許《くちもと》をゆがめた。

「公儀の役目であれば、真剣で相手を殺してもかまわぬ。そなたの剣が疾風《しっぷう》のごとくに奔《はし》り、相手の首が血汐を噴いて宙を飛ぶのだ。想像するだけでも、軀《からだ》の血が狂おしげにさわぐであろうが」

鳥居耀蔵が喉の奥で冷えた笑い声をたてた。

「この江戸には、浪人という名の野獣がいくらでもおる。目に余る奴を貴殿に斬っていただきたいのだ。もとより、俸給はでる」

近藤達之進が身をのりだした。

「本所、深川、両国、浅草、さらには内藤新宿、板橋宿などに不逞浪人が大勢巣喰っており、治安は乱れに乱れ、内藤新宿ごときは無法街と化しておる。栗本どの、そなたは正義の剣をふるい、野獣のような浪人どもを斬りまくってくれ」

「はい」

栗本新之丞がうなずいた。左右へ流れる形のよい眉の下の睫毛《まつげ》の長い眼が異様な精彩をはなちだした。

そうした話に、仕切りの衝立《ついたて》ごしに耳をそばだてている者があった。

もとより、片岡直次郎である。

吉原を仕事場にしている片岡直次郎は、ひとりで大門をくぐった鳥居耀蔵をみて、こいつはなにかあると直感したのだった。

8

夕霧花魁《ゆうぎりおいらん》の部屋は二間である。

揚屋町《あげやちょう》通りの中ほどにある遊廓《ゆうかく》『瀬里奈楼《せりなろう》』に、栗本新之丞は『松本巴』から送り込まれたのだ。夕霧は瀬里奈楼の看板花魁なのだ。

瀬里奈楼は諸藩の江戸留守居役がよく使う傾城屋で、値《あたい》もそれほどでもない。とはいえ、諸藩の侍や町人がおいそれと敷居をまたげるような妓楼《ぎろう》ではない。

すでに、新之丞は次の間の寝所に入っている。寝所は六畳ほどで、意外にせまく、隅にともる絹行灯《きぬあんどん》の明かりもほのかであった。

部屋の中央に、絹の敷蒲団を二枚重ね、掛蒲団は花模様の大蒲団が一枚であった。

その夜具の前に、夕霧は新之丞と向かい合って座った。

「主《ぬし》さまは、ほんに美しい若衆でありんすこと」

夕霧は切れ長の瞳を春の弦月《げんげつ》のように淡くして、ほれぼれと新之丞の顔をながめた。立《たて》兵庫《ひょうご》に結《ゆ》いあげた髷《まげ》から甘い髪油の香りがほのかに匂ってくる。

新之丞はなにをしてよいやらわからず、ひたすら凝《じ》っと身を固くしている。美貌の魔剣士も、吉原の寝所では遊びを知らないただの野暮《やぼ》な若者にすぎないのである。

夕霧の長襦袢は桜色だった。わずかにはだけたえりもとに、豊かな乳房の膨《ふく》らみがさそうようにのぞいている。

「それでは、よろしゅうに」

夕霧はつややかな笑顔を向けると、手をとって新之丞を立たせ、跪《ひざまず》いて白綾《しろあや》の寝間小袖の帯を手際《てぎわ》よく解《と》いた。

新之丞の目許に含羞《がんしゅう》があらわれた。股間がはげしくうずきだし、からだ中の血汐が逆流しはじめたのだ。

夕霧は寝間小袖を脱がせると、禿《かむろ》にわたした。禿はそれを乱れ籠におさめる。

ほどなく、新之丞は生まれたままの裸身で夕霧の前に立った。わずかな贅肉《ぜいにく》もない鍛《きた》えあげられた筋肉質の軀は、小柄ではあるが、みごとというほかはない。

五尺そこそこの矮軀《わいく》とうらはらに、股間の一物はたくましく怒張し、かすかにわなないている。

「主さまは、なんとお強きこと」

　夕霧は嬉しそうに唇許《くちもと》をほころばすと、新之丞の一物にいとおしげに頬ずりした。新之丞の軀がぎこちなく慄《ふる》えた。身内《みうち》に甘美な戦慄《せんりつ》が走りぬけたのである。

「ほんに、ういういしい。あちきは倖《しあわ》せでありんす」

　夕霧は唄うようにつぶやくと、濡れた絹の布で新之丞の会陰《えいん》から陰嚢《いんのう》へと一気に拭《ふ》きあげた。刹那《せつな》、新之丞の肛門から脳天まで電流が貫通したかのような鮮烈な快感がすさまじい勢いで噴きあがったのだった。

　吉原の一流の花魁の閨技《ねやわざ》は、素人女はもとより、安っぽい岡場所や売春窟の女郎とは比較にならないのだ。もとより、値もちがいすぎる。

「お気持がよろしいでありんしょう」

　夕霧は楽しげな笑みを目許に浮かべると、桜色の長襦袢の帯をほどき、胸もとを大きくはだけさせた。長襦袢の袖は、夕霧の左右の肘のところでからんでいる。

　白桃《はくとう》のような乳房が新之丞の眼の前にあられもなくさらけだされた。新之丞の息づかいが荒い、異様な昂奮状態であった。清冽《せいれつ》な果汁がいっぱいにつまっているような美しい乳房を見たのは、はじめてである。夕霧の乳房は、とりわけ、美しいのだ。

「ほほっ」

　夕霧は好ましそうに微笑すると、新之丞の両手をとって、おのれの乳房にいざなった。

新之丞の指先で張りのある乳房の膨らみと、薄紅色の乳首を柔らかくさすらせる。夕霧の乳房は、磨きあげられた象牙のように滑《なめ》らかだった。たちまち、小さくて形のよい乳首がピンと立つ。感じはじめたのだ。

夕霧は新之丞に両の乳房をさすらせながら濡れた瞳で新之丞の顔をみつめた。ややあって、唇を重ねた。

夕霧の唇はとても柔らかかった。新之丞の唇を舌で割り、火のようなものが注《つ》ぎ込まれた。むせかえるようなその息苦しいものは、全身に奔《はし》る異様な感覚となって、新之丞を爪先から脳天まで戦慄させた。

惑乱というのだろうか。

新之丞は沸騰《ふっとう》するように血がわきたち、どこかにもっていかれるように気が遠くなった。

いつの間にか、新之丞は夜具の上に仰臥させられていた。

夕霧の繊細《せんさい》な美貌が新之丞の股間に寄せられている。

新之丞の筋肉が縄のようによじれた軀は、小刻みに慄えをくりかえしている。未知の体験への期待であろうか。

夕霧のしなやかな指先が新之丞の陰囊《いんのう》をリズミカルに愛撫する。濡れた紅《あか》い唇が猛り立つ男根におしかぶされた。夕霧の唇はそのまま男根の先端にまとわりついたり、甘く吸うことをつづけたあと、ゆっくりとすべり下り、喉にとどくまで深々と呑みこんだ。

夕霧は美しい貌をはげしく上下させて、新之丞の男根をしごきたてた。

新之丞の唇から快美を訴えるうめきが途切れ途切れに洩れた。これまで味わったことのない濃厚な快感がうねりながらあとからあとから押し寄せてくる。あたかも、恍惚の海をただよっているかのようであった。

新之丞は夕霧の口の中で幾度も果てかけた。だが、夕霧は敏感に察し、唇の動きを止め、破裂を際限なくひきのばすのだった。底知れぬ快感が新之丞の力を根こそぎ奪い取っていく。

吉原の花形花魁のすさまじいまでの閨技である。

新之丞が快感に翻弄《ほんろう》されてのたうっているうちに、夕霧もはげしく昂《たかぶ》り、新之丞の手をいざなって、女の部分に快を求めた。

夕霧の艶麗《えんれい》な美貌は新之丞の男根を口にふくみつつ、眉間にわずかに皺《しわ》が寄り、屹立《きつりつ》した乳首はますます硬度を増している。

大きく拡《ひろ》げられた夕霧の脚の間が、絹行灯のほのかな明かりに幻想的に浮きあがってくる。

しげみは淡《あわ》く、ちぢれが弱かった。絹のようなつやをはなつ陰毛が、もつれ合いながらこんもりと盛りあがり、その下に濡れそぼった女の部分をおおっている。その蜜《みつ》をたたえた秘処の深みから、なにかの花の匂いのような馥郁《ふくいく》たる香りがただよってくるのだった。

新之丞は夕霧の内腿の奥に貌を埋める。昂奮した眼で秘処を凝視しながら、割れ目のふちを指でなぞった。あざやかな色をみせて、うるみとともにかがやいている蘇芳《すおう》色の襞《ひだ》が、自分の指をゆっくりと包み込んでゆく。

それは、女に純《うぶ》な新之丞にとって、なんとも煽情《せんじょう》的な光景であった。

新之丞の指が秘処の上端の深みにひそんでいた赤い肉の芽を掘り起こすと、夕霧はことばにならないうめき声を発して、肢体をよじらせ、息を詰まらせた。

新之丞はえたいの知れない衝動にかられ、赤い小さな肉の芽を口にふくみ、力のかぎり吸った。

「あっ、あっ、ああ……」

男をほうりだし、白いあごをのけぞらせた夕霧の唇から、はばかりのない悲鳴がきれぎれにほとばしった。

9

「いまごろ、栗本新之丞とか申す若僧は、夕霧の閨技に翻弄され、のたうちまわっていることだろう」

鳥居耀蔵はしなびた糸瓜《へちま》のような鼻に小皺を刻みつけると、小馬鹿にするようにふくみ笑った。

「栗本新之丞は、まちがいなく、やみつきになりましょうな」

近藤達之進が脂濃《あぶらこ》い笑みを口の端《はし》ににじませた。

「されど、瀬里奈楼は値が高く、新之丞ごときがおいそれと敷居をまたげるものではござらぬ。新之丞は、夕霧によって、はじめて金の価値というものを知らされましょうな」

盃を口にはこぶ。

「瀬里奈楼で夕霧とあそぶとなると、まず十両はかかりましょう。新之丞にとって、十両は途方もない大金ですからな」

「さよう」

鳥居耀蔵は、あざとい笑みを絶やさずにうなずいた。

「栗本新之丞は十両ほしさに、わが剣となり、刺客《しかく》となるわけだ。あの少々狂的な若僧は、おのれの真剣で人を斬り、噴き出る血汐を見れば、これまで以上に常軌を逸するであろう」

鳥居耀蔵は喉の奥でにぶく笑うと、小鉢の酢の物に箸をつけた。

「柳生とか、服部《はっとり》とか、そうした連中に頼むと、なにやかやと面倒なことになる。栗本新之丞のような狂気を宿した若僧がもっとも使いやすい」

「費用も、さほどかかりませんしな。奴が失敗して死んだとしても、当方は痛くも痒《かゆ》くもない。一介の武芸者が命をうしなっただけですからね」

近藤達之進が眼を狷介《けんかい》に動かした。

「いつぞや、浪人狩りをして、御数寄屋坊主の河内山にだしぬかれたことがあるが、こんどは、そうはいかぬ。栗本新之丞ほど浪人狩りに適した人材はおらぬわ」

鳥居耀蔵が盃の酒をぐっと飲んだ。細い眼が研《と》ぎすましたような光を宿している。

「この数年で、乞食浪人がずいぶんと増えた。五万石以下の小大名や旗本がかなり取り潰《つぶ》されたからな。浪人は、江戸だけでも一万五千人はくだるまい」

「町人が実力をたくわえたその裏には、数万人の飢えた浪人がいるというわけです」

近藤達之進が意味ありげにあごをさすりあげた。

「蔵前の札差をはじめ、三井《みつい》、住友《すみとも》、鴻池《こうのいけ》など大商人が大名をしのぐほどの富豪となり、江戸の歓楽街に見世をかまえる商人どもが裕福になった。いまは、金、金、金の世の中で、町人の天下じゃ」

鳥居耀蔵が嘆息まじりにつぶやいた。

札差は、かんたんに前述したが、もうすこしくわしくのべておこう。

札差とは江戸幕府の官庫である浅草その他の米蔵《こめぐら》から、旗本、御家人《ごけにん》の代理として、俸禄である給米を受け取り、これを換金して当人たちに渡すことを仕事とする商人のことである。

札差の仕事を監督するのは今日の財務省にあたる勘定所《かんじょうしょ》で、勘定奉行配下の蔵奉行が札差を指揮した。

札差という名称は、米俵に受取人の名を書いた紙をはさんだ割竹《わりだけ》を差したことから起こっている。

もとより、旗本や御家人は札差から米を現物で受け取るわけではない。札差が米を換金して手数料を引き、その残りを旗本、御家人に渡すのである。米と金の換算率は公定で、江戸城入口に公示された張紙値段によって行なわれた。

つまり、蔵前の札差は江戸在住の旗本、御家人二万人余にたいする唯一の公的金融機関なのだった。

ちなみに、大名たちの米扱いは京坂に在住する掛屋である。

旗本や御家人はつねに台所が火の車で次年度の俸給をめあてに札差から前借する。利息は年一割五分と定められていた。札差の定員は百九名であった。

札差の欠員、明《あ》き株《かぶ》の譲渡はもとより、質入れも行なわれ、最盛期には明き株千両に値がついた。

すなわち、旗本、御家人の前借による札差の金融の利益がべらぼうだったのである。

こうして、蔵前の札差は、おどろくほどに肥大したのだった。

「札差もそうだが、日本橋に見世を張る大商人《おおあきんど》からそのあたりの小商人《こあきんど》まで、江戸市中にあふれる浪人どもは目ざわりどころか、危険きわまりない連中なのじゃ。そうした浪人という狼虎《ろうこ》の害を取り除いてやろうというのだ。江戸財界が費用を提供するのは当然であろうが」

鳥居耀蔵が肩をそびやかすようにして盃をあおりつけた。

「札差の田丸屋《たまるや》千左衛門あたりに話をもっていけば、財務提供もなんとかまとまりましょう」

近藤達之進が抜け目なさそうに眼を動かした。田丸屋千左衛門は札差の巨頭で、江戸財界に君臨している。

「店の規模に応じて、千両から五十両まで、大きく幅をもたせて金を出費させれば、たちどころに十万両ていどは集まりましょうぞ」

「うむ」

鳥居耀蔵が悦に入るように薄笑った。この陰湿な顔をした男は、なにより、山吹色の小判が好きなのであり、この男の後楯《うしろだて》である中野碩翁という爺さまも、小判に目がないのだ。

「それにつけても、あの栗本新之丞は、どれほど期待できようか」

鳥居耀蔵が暗い双眸をすぼめた。

「不逞《ふてい》浪人の十人や二十人は、たちどころに斬り捨てましょうぞ。なにしろ、戦慄するほどの腕ですからな」

近藤達之進が自信ありげにいった。

「新之丞は父親の平内が奈良林弥七郎に頭蓋を割られ、血汐にまみれて息絶えたあと、すぐさま江戸をはなれ、京の鞍馬山にこもり申した。師はおらず、独学にて、京の乱八流を編《あ》んだのでござる。天才と申してさしつかえないでしょうな」

近藤達之進が盃を片手に語りだした。

鞍馬山は洛北にある。

源平のむかし、義経が牛若丸時代を過ごした。鞍馬山に潜《す》む天狗たちから京八流《きようはちりゆう》をまなんだという伝説がある。

鞍馬寺の二層の山門を見上げると、威圧される思いにとらわれる。それほどの巨刹《きよさつ》なのである。

山門のむこうに九十九折《つづらおり》で有名な石段が山上の本堂までつづいている。もとより、鞍馬山の山腹のあちこちに無数の坊や院が散在し、山そのものが巨大な宗教都市の観をなしている。

鞍馬山の山頂には毘沙門天《びしやもんてん》を祀《まつ》る本堂があり、その近くに、『魔王尊《まおうそん》の影向《ようごう》』と称される千年杉が大きく枝葉をひろげている。その天空にのびる枝々に天狗が翔《か》けおりてきて合議するという。牛若丸に京八流を伝授した天狗たちかもしれない。

「栗本新之丞は五年、鞍馬山頂にこもり、剣の修行にはげみました。そして、三年、諸国をめぐり歩いて、それから江戸にやってきたよしにござる」

近藤達之進がいった。さすがは公儀目付である。短期間に詳細に調べる。おそらく、独自の調査期間をもっているのであろう。

「御父《おんちち》の仇を討《う》つ。そればかりを修行中の新之丞はくりかえしていたそうです。鞍馬寺の僧たちは襤褸《ぼろ》をまとった修行中の新之丞を見て、樹怪《じゅかい》か獣怪《じゅうかい》か、なにかが憑《つ》いていると感じたそうにござる」

「だれでも、そのように感じようぞ。あの稚児《ちご》のごとき美麗《びれい》な若僧には、たしかになにかが取り憑いておるわ」

鳥居耀蔵が陰湿な笑みを唇許にのぼらせた。

「されど、栗本新之丞がいかなる魔剣士であろうとも、吉原の花魁は魔性の肌の持ち主じゃ、魔剣士といえども、魔性の肌に惑溺《わくでき》し、魂を蕩《とろ》かされてしまおうぞ」

衝立ごしに聞き耳をたてている優男の片岡直次郎が、不快げなおももちで盃を口にはこんだ。鳥居耀蔵という幕府の権力者の口振りには、なんともいえぬ厭《いや》な毒がこもっているのである。

(とはいえ、よいことを聞いたわ。栗本新之丞という魔剣士のお相手は、瀬里奈楼の夕霧花魁か。なるほど、鳥居耀蔵の妖怪のいうとおり、魔性の肌だぜ)

片岡直次郎は胸でつぶやくと、仲居にもう一本、銚子を追加した。

第三章　闇の裂け目

1

その夜は、こまかな小糠雨《こぬかあめ》であった。あるいは、梅雨《つゆ》のさきがけかもしれない。

小雨にけむる待乳山下の暗い道を、月代《さかやき》ののびた着流しの浪人が提灯《ちょうちん》を片手に歩をすすめていく。身装《みなり》からして、吉原帰りでもなさそうだった。肩をすぼめて歩くその姿は、どこから見てもくたびれた痩せ浪人でしかなかった。

大川の流れのけはいがつたわってくる。今戸橋はまもなくであった。

浪人が待乳山聖天の鳥居をそそくさと過ぎた。まわりは小雨の降るぶあつい闇である。

その中に、浪人の提灯が狐火のようにぼんやり赤い。

突如、闇が呼吸し、のびあがった。

「鋭!!」

山岡頭巾《やまおかずきん》をつけた羽織袴の武士が、浪人に突風のように肉薄するや、すさまじい斬撃を送りこんだ。

浪人は瞬間的に体をひねって凄絶な太刀筋をかわして、とびずさった。あらかじめ予期していたのかもしれぬ。それほどみごとなかわしかたであった。

「何者だ」

浪人がいった。どすの利いた声だ。手にした提灯の灯が揺れている。が、消えてはいない。

武士は立ち尽くした。痩せ浪人など一撃で斬り倒せると思ったのだろう。

「貴様だな。かねてから待乳山下に出没する辻斬りは」

浪人が語気はげしくいった。

武士はたじろいだ様子だ。大刀を逆八双にかまえた。とはいえ、さきほどのような殺気も、迫力もない。浪人に機先を制せられたからであろうか。

数瞬して、浪人の背後の闇が裂け、数人の侍が抜刀して走り寄ってきた。

提灯の灯がふっと消え、浪人の軀が闇に沈んだ。

背後から殺到してきた侍二人が、浪人の拳《こぶし》にみぞおちを強打され、くたくたとその場に倒れ伏した。

そのまま、浪人は闇の深みに消えた。

二人の侍が山岡頭巾の武士に駆け寄った。血相が変わっている。

「御前、お怪我は？」

「だいじょうぶじゃ」

山岡頭巾の武士がにがにがしげなおももちで大刀を鞘におさめた。

「山波と倉島は、いかがいたした」

「浪人に当身《あてみ》をくって転倒いたしましたが、すぐに息を吹きかえしましてございまする」

田辺という侍がいった。物腰から家来であろう。

「乞食浪人と思い、あなどったのがまずかった」

山岡頭巾の武士がはげしく舌を打ち鳴らした。

「今夜はついておらぬ。もどるぞ」

山岡頭巾が歩きだした。四人の家来が小腰をかがめるようにして山岡頭巾のあとを追う。

今戸橋の近くに網代駕籠がとまっていた。山岡頭巾は、その駕籠にそそくさと乗り込んだ。網代駕籠は言問通りを神田方面に向かってゆく。

やがて、駕籠は一ツ橋御門から神田橋御門へとすすみ、神田橋ぎわの豪壮な屋敷に入った。

どれほど経ったのだろうか。

浪人が神田橋ぎわの屋敷の冠木門《かぶきもん》の前に立ち、けわしいおももちであごをさすりあげた。

影月竜四郎である。

「酒井《さかい》右京太夫《うきょうだゆう》経明《つねあき》、五千七百石の御側衆か。そんなところだろうと思っていたぜ」

竜四郎の口から吐息のようなつぶやきが洩れた。精悍《せいかん》な貌に毒っぽい笑みが浮かんだ。

この浪人独特の反骨精神のあらわれだろうか。

2

昌平橋《しょうへいばし》を渡った向かいに、青山下野守《あおやましもつけのかみ》の長大な白塀がつづいている。そこから西側の小川町にかけて、二、三千石の旗本屋敷が塀を連ねている。

東側は商家や町家、庶民の住む軒の傾いた貧乏長屋などがごみごみとひしめいている。

昌平橋は、内神田と外神田をへだてる神田川にかかっている。昌平橋を渡ると広小路に出る。そこから七つ目の通りが筋違御門橋《すじかいごもんばし》である。

筋違御門橋の手前を練塀小路という。その練塀小路に、五百坪ほどの敷地を持つ邸がある。庭にさまざまな落葉樹の生い繁るその邸は、御数寄屋坊主河内山宗俊の屋敷であった。

この季節、庭には楓《かえで》、欅《けやき》、山桜、櫟《くぬぎ》など落葉樹のみずみずしい新緑がしたたるばかりにたれこめていた。

陽が西に傾きはじめている。

書院と呼べないようなくたびれた書院で、河内山宗俊は、金子市之丞、片岡直次郎、森田屋清蔵ら仲間たちに影月竜四郎を加えて、上機嫌で酒盃を重ねていた。

森田屋清蔵は日本橋にちかい室町《むろまち》に店をかまえる諸国物産問屋だが、潮灼《しおや》けした粗《あら》い貌《かお》は商人《あきんど》にあるまじきものであった。

じつをいうと、森田屋清蔵は十年ばかり前まで瀬戸内海を荒らしまわっていた海賊だったのである。この男の前歴を知る者は、河内山とその仲間しかいない。

「それにしても、稲妻の竜はとてつもない値打ちものネタを仕入れてきたものよ。この河内山、久しぶりで魂が躍動するわ」

河内山宗俊は脂《あぶら》のてらてらしたふとい鼻の脇を人差指で意味ありげになでおろした。

あくの強い眼が不敵なかがやきをはなっている。

個性的というか、いちど見たら忘れられない強烈さをはらんだ精力的な顔があった。

河内山宗俊は御数寄屋坊主というとるに足らない卑職《ひしょく》にすぎないが、江戸城内の大名や幕臣から怪人、奸物《かんぶつ》といわれ、口をきいてもらえないほどけむたがられている。

「酒井右京太夫っていう旗本は、若い頃からたいそうな腕自慢でな。吉原や、浅草広小路、盛り場で目にあまる乱暴狼藉《らんぼうろうぜき》を働いた奴よ」

金子市之丞は盃をとりあげると、侮蔑ぎみに頬をへこませた。

「いまは、たしか三十半ばだろうが、そのように庶民や浪人を芥《あくた》としかみないような奴が御側衆《おそばしゅう》になる御時世だからな。徳川の天下も先が見えはじめたってことかもしれねえな」

金子市之丞は目尻に皮肉な笑みをにじませつつ、音をたてて盃の酒をすすりこんだ。

「将軍家、御側衆ってのは、そんなに偉いのかい」

森田屋清蔵が解《げ》しかねるように太い眉を動かした。

「御側衆ってのは、平たくいえば、将軍の話し相手のようなものさ」

河内山が銀延べの煙管で莨《たばこ》を一服すぱっと喫《の》んだ。煙の輪がゆったりと宙に舞いあがっていく。

「将軍の側近くに仕え、将軍と幕閣のあいだをとりもつ、もとより、どこにも洩れてはならない機密事項もとりあつかう。知友や親類ともうかつに交際できぬ重要な役職だが、それは表向きでね」

河内山がくすりと笑った。

「将軍に気に入られていないと御側衆はつとまらねえ。天下の公方さまと毎日、親しく口をきくわけだからな。もとより、立身出世の道は大きくひらいている。御側衆の前途は洋々たるものさね」

「御側衆にとりたてられただけでも、その権勢は、すさまじいものがある。人を人と思わなくなるのも、当り前かも知れんな」

金子市之丞の冴えた面貌が拗《す》ねたようにゆがんだ。この妖剣使いの凄腕も、徳川幕藩体制にふくむところがあるのだろう。

「御側衆になれば、次は御側御用取次《おそばごようとりつぎ》、御側用人、そして、幕府最高の職である老中にまでかけのぼる奴も稀《まれ》ではない。しかも、酒井右京は荒淫公方の家斉にも、お美代の方の養父の中野碩翁にもひどく可愛がられておる。家斉や中野碩翁が、酒井右京のような武骨な壮漢をどうして好むのか、そのあたりは謎だな」

河内山宗俊が喉の奥で脂っぽい笑い声をたてた。ほどなく、笑みを止め、強烈な個性をはらむ大きな眼で宙を睨みつけた。

「幕臣として最高位ともいうべき御側衆の列につらなる酒井右京太夫経明が、ひそかに待乳山下の闇にひそみ、罪なき江戸市民を斬り殺すなど、ただごとではならぬ。もっとも、こちらとしても、のっぴきならない証拠があるわけではないがな」

河内山はけわしいおももちを竜四郎に向けた。

「その通りさ」

竜四郎は、うつむき加減に唇を嚙んだ。

「酒井右京に知らぬと一蹴《いっしゅう》されてしまえば、それまでだ」

「竜さんは、浪人だから、生証人にはならねえからな」

金子市之丞が暗いおももちで眉根を寄せた。

「田原町の貧乏長屋に住んでいるとはいえ、浪人など人間の勘定にも入っておらぬ。浪人ってやつは、くやしいことばかりなのさ」

「酒井右京は辻斬りするだけあって、並の腕ではない」

影月竜四郎が眼のふちをけわしくした。

「派手《はで》な八双のかまえから袈裟《けさ》がけに斬りつける斬撃は、おそるべき迫力だったが、凄《すさ》まじい速さだった。あらかじめ予測していなければ、拙者もどうなっていたかわからぬ」

「酒井右京は小野派一刀流の達人で、いまも神田橋ぎわの屋敷に、片桐道場の片桐康左衛門を出稽古にこさせておる」

河内山が銚子をとりあげて、おのれの盃に酒を満たした。

「片桐康左衛門は江戸で小野派一刀流の看板を堂々とかかげ、赤坂、五本松の道場は門弟が五百人をこえる。江戸屈指の道場だ。酒井右京は片桐道場の師範格を屋敷へ呼び、猛稽古をして汗を流すという。ところで、金子市」

と、坊主頭をかたむけるようにして金子市之丞に顔を向けた。

「剣術使いっていうやつは、むやみに真剣で人を斬りたくなるものなのかえ」

「さてな」

金子市之丞は無表情に首筋に手を当てがった。

「おれは、斬りたくて人を斬ったことはない。人を斬ったのは、理由があってのことさ」

金子市はぐっと盃をあおった。

「だが、酒井右京のような旗本大身は、庶民など人とも思わぬ不遜《ふそん》な輩《やから》だ。人を斬りたくてたまらなくなれば、辻斬りでもなんでもするだろうさ」

「拙者も、そう思う。懐中物目当ての辻斬りであれば、拙者は首をつっこんだりしない。辻斬りの気持が、痛いほどわかるからな」

竜四郎が頬の不精ひげをざらりとなでた。実際、竜四郎自身、背に腹は代えられず、何度も辻斬りに手を染めかけたのだ。

「わがはいも、酒井右京の野郎はゆるせねえ。あのような野郎が側用人となり、老中に昇《のぼ》ったら、世の中がどれだけ悪くなることか」

河内山が剣呑な眼つきで、紬《つむぎ》の片袖をたくしあげた。

「御側衆酒井右京の件はそれくらいにして、おれが吉原の茶屋で鳥居耀蔵と目付の近藤達之進のはなしを盗み聞きしたってのは、面白くねえかい」

片岡直次郎が忘れちゃ困るぜというように、河内山宗俊に首を突きだした。

「なにしろ、鳥居耀蔵と近藤達之進は、瀬里奈楼の夕霧花魁の閨技で、江戸の大道場を震えあがらせている美貌の魔剣士を手なずけちまったのだからな」

片岡直次郎は薄笑いしながら手酌の盃でぐびりとふくんだ。

「で、美貌の魔剣士さ、栗本新之丞に鳥居耀蔵と近藤達之進は、なにをさせようというのかい。まさか、以前のような浪人狩りじゃないだろうな」

河内山が脂っぽい鼻に小皺を寄せた。

「そのまさかさ」

片岡直次郎は森田屋清蔵の肩を抱くと、へっへっへとあごを引いて笑った。

「蔵前の札差はじめ、江戸の商人たちに、千両から五十両まで、浪人狩りの費用を提供させる腹づもりだぜ。鳥居耀蔵って妖怪は、山吹色の小判が好きでたまらないのさ」

「鳥居耀蔵のような名門でない幕臣が累進出世を遂《と》げるには、大奥や幕臣に金をばらまかなければならないのさ。鳥居耀蔵は、金がどれだけあっても足りないだろうよ」

河内山が煙管に莨を詰めた。この御数寄屋坊主は鳥居耀蔵という出世欲の権化《ごんげ》が、虫唾《むしず》が走るほどに嫌いなのである。

「稲妻の竜は、美貌の魔剣士に興味がなさそうだね」

片岡直次郎がにやにやしながら竜四郎に向き直った。

竜四郎はつまらなそうな顔をした。両国広小路の薬師堂の前で、栗本新之丞が腕の立つ浪人浅野次郎左衛門の首を断ち切ったのを目撃したのだった。

竜四郎は栗本新之丞のあまりに凄まじい太刀筋に、顔面が蒼白に引《ひ》き攣《つ》ってしまったのをおぼえている。

「剣術使いとして、美貌の魔剣士と立ち合ってみたいと思わないかい」

「あいにく、拙者は臆病《おくびょう》でね」

竜四郎は茶目っぽい眼つきで盃に口をつけた。

「それに、なんの理由もなく負けるかもしれない相手と立ち合うような愚《ぐ》はしないよ。命がおしいからね」

「栗本新之丞は竜さんとちがうのさ。直侍《なおざむらい》、そんなこともわからないのか」

金子市之丞が冷たい視線を直次郎にはなった。

「影月竜四郎は、われわれ同様、正常な精神の持ち主だ。公儀にたいする反骨精神は旺盛だがな。だが、栗本新之丞はちがう。頭の構造がいかれているのだ。そういう奴が天才肌の剣士にときどきいる」

金子市之丞が小鉢の穴子の煮びたしを箸でつまんで口にほうりこんだ。

「栗本新之丞は凄絶ともいえる美貌だ。それだけでも、剣士として狂的ではないか。剣客に目鼻の冴えの美しい、優しげな顔だちは似合わぬ」

「そういえば、まあ、そうだな」

片岡直次郎が人差指で、ほそいあごをはさみつけた。なんとなく釈然としないのだろう。

「おれは、栗本新之丞が怖るべき殺人鬼になると睨んでいる」

金子市之丞の視線が針のように尖《と》がった。

「これまでの栗本新之丞は、おのれの剣の腕を金にしようなどと思わなかった。ところが瀬里奈楼の夕霧を知ってからはちがう。夕霧を抱くには、大枚十両もの金が要《い》るからな」

「そこが近藤達之進の狡《ずる》いところよ」

河内山が眉間にけわしい縦皺を刻みつけた。

「栗本新之丞は剣を握れば、すさまじい腕前かもしれんが、ふだんは、世間知らずの田舎武芸者で、吉原の遊び方もほとんど知らぬ。その栗本新之丞に夕霧という魔性の肌をあたえたのだ。栗本新之丞は夕霧抱きたさから、鳥居耀蔵や近藤達之進の言いなりに魔剣をふるおうぞ」

「鳥居耀蔵も、近藤達之進も、江戸の治安の悪さには頭をいためている。江戸に近い内藤新宿もだ。内藤新宿こそが、狼浪人の巣窟《そうくつ》であり、本拠だからな」

金子市之丞が冴えた眼をぎらりとさせた。

「深川の鎌倉河岸の居酒屋で、乞食浪人が喋っていたのを小耳にはさんだのだが、公儀は内藤新宿をごろつき浪人の供給源とみなし、内藤新宿に巣喰っている浪人、無頼漢、博徒のたぐいを一掃しようとたくらんでいるらしい。鳥居耀蔵と近藤達之進は、栗本新之丞という魔剣士を内藤新宿に送り込むつもりかもしれぬな」

「内藤新宿は岡場所と賭場《とば》だらけだ。ことに花園神社の境内《けいだい》は、掛小屋《かけごや》がずらりと軒を連ね、南蛮《なんばん》歌留多《かるた》を使った博奕《ばくち》が大いにさかっているらしい。花園神社の境内の掛小屋の賭場で一日に動くカネは、五千両とも、七千両ともいわれている」

森田屋清蔵が盃を口にはこびながら、ぎょろりとした眼のふちに凄みのある険を刻みつけた。やはり、海賊あがりのすさまじい眼である。

「花園神社の掛小屋の南蛮歌留多の博奕は、有名だし、人気も高い」

森田屋が酒盃をあおった。

「江戸の商店の旦那連中が、泊まりがけで内藤新宿に出張《でば》るというからな。胴巻に三百両、五百両とお金を入れて、花園神社にのりこむそうだ」

「それじゃ、博徒、無頼漢はもとより、すきっ腹をかかえた浪人どもが、砂糖に群がるアリのようにあつまってくるのも、無理はねえやな。ゼニの落ちるところには食いものがあるからな」

「二千人や三千人はいるそうだ。浪人がな」

金子市之丞が冷えた声でいった。

「内藤新宿に血の雨が降るかもしれぬ。浪人といえども、人間なのにな」

金子市之丞はどことなく憂鬱《ゆううつ》そうだ。浪人の心情が手にとるようにわかるのだろう。

3

夕暮。

いささか酩酊《めいてい》して、田原町の胴切長屋にもどると、入口の前で、番頭の友蔵が小腰をかがめて待っていた。

「影月さま」

友蔵はふらつき加減に歩いてくる竜四郎を見ると、ほっとしたように歩み寄ってきた。

「奥さまが雷町《かみなりちょう》二丁目の料理茶屋『小松』でお待ち申しております。友蔵がご案内いたします」

うむをいわさぬ強引さで、友蔵は竜四郎を雷町二丁目の『小松』に連れていった。竜四郎はにが笑いするよりなかった。

奥まった十畳間を、萩尾は借り切っていた。昼前から待っていたのである。

午後に、仲居にすすめられて、湯に入った。胴切長屋には友蔵がいる。友蔵は萩尾にとって数少ない頼れる番頭だった。丁稚《でっち》の頃から可愛がっていたせいかもしれない。竜四郎が胴切長屋にもどれば、首に縄をつけてでも引っ張ってくるだろう。

江戸では、高級料理茶屋にかぎって、内湯がゆるされていた。商人から接待された幕府の官僚たちが入りたいからであろう。内湯があるなしで、料理茶屋の格が決まるといっていい。

小松は浅草・雷門《かみなりもん》近くの料理茶屋の意気で豪華な檜風呂を用意してある。

萩尾は脱衣所で細博多の帯を解いた。着物はいまの季節らしい薄紫である。髷《まげ》も糠《ぬか》みそくさい丸髷から粋な感じのする銀杏返《いちょうがえ》しにかえてみた。

裸になって、湯殿に入る。湯気がもうもうと湧き立っている。

大きな湯舟には、湯がいっぱいに張られていて、檜の木の匂いがほのかにただよってくる。

萩尾は肩まで湯につかった。

「湯のお加減はいかがでございましょう」

仲居の声がかかる。

「とてもよろしいわ」

「そうですか。ごゆるりとお入りなさりませ」

萩尾は湯のなかでゆったりとからだをのばした。

ふしぎな気がする。

浅草・雷門の料理茶屋にくるなど、これまで、考えたこともなかった。世捨人のように部屋にこもって、じっとしていた。すべてが味気なく、むなしかった。

影月竜四郎を知って、気持がかわった。心に張りがでてきたのである。

良人の治平には何人か妾がいるという。そのうちの一人が最近、男の子を産んだらしい。友蔵が耳打ちしてくれた。

「わたしも、あそぼう」

萩尾は自分にいいきかせるようにつぶやくと、湯の中の自分の白い太腿に眼をおとした。かたちのよい太腿がほんのりと桜色に染まっている。

天井に明かりとりの窓があり、湯殿はぼんやりと明るい。

二十五歳というわりには、萩尾は子供を産んでいないせいか、小さな乳首が淡紅色をして愛らしい。乳房も張りがあって、稜線《りょうせん》がくっきりしている。

「それにしても」

萩尾は唇を嚙んだ。あの薄気味わるい治平と夫婦になるなんて、思ってもみなかった。

「なにが三浦屋四郎次郎よ。ボロを着て、店に転がり込んできたくせに」

萩尾の声には敵意の棘《とげ》があった。治平は二十四、五歳の頃、ボロをまとって行き倒れ同然に、三浦屋の店の戸を叩いたというのだ。そのことを、萩尾は治平の同僚の番頭たちからどれだけ聞かされたかしれない。

萩尾は乳房の下に掌をあてがい、肢体をうねらせてみた。ふくよかな乳房が揺れて、湯面にやわらかな波紋《はもん》をえがいた。

(からだは、まだまだ美しいわ)

萩尾は微笑した。頭の中に竜四郎の俤《おもかげ》が浮かんでいる。きめのこまかな白い肌のうちに竜四郎に抱いてもらいたい。竜四郎に抱かれたなら、これからも元気に生きていけそうな気がする。

「お背中をお流しいたしましょうか」

仲居の声がした。

「けっこうです。いま、上がりますので」

萩尾は湯舟から腰をあげた。下腹部の淡い陰毛が海藻《かいそう》のように濡れていた。

脱衣所で、仲居が大手拭いで萩尾のからだを拭《ふ》いてくれた。

「奥さま、おうらやましいほど綺麗《きれい》なお肌をしておられます。腰骨と胸がお張りになって、みごとしかいいようがございません」

仲居がほれぼれするようにいった。まんざらお世辞でもなさそうだ。

萩尾は乱れ籠の浴衣をはおり、腰紐をむすんだ。からだが火照《ほて》っているのは湯上がりのせいだけではなさそうだった。

萩尾はある決意をのんで、この料理茶屋をおとずれたのだ。

暮六つが近い。

「お酒をください」

萩尾が仲居につげたとき、別の仲居がいそいそとやってきた。

「お連れさまが参られました」

「えっ!!」

萩尾は絶句して、胸をおさえた。もはや、竜四郎がくることを期待していなかったのだ。躰の奥からうねりだした躍動を抑えかねて、萩尾は幾度も喉をあえがした。

ほどなく、襖がひらいて、竜四郎が座敷に入ってきた。淡茶《うすちゃ》の縞の着流しである。大刀はあずけてきたのだろう。腰に脇差をさしている。

「やあ」

竜四郎は漆《うるしぬ》塗りの卓をはさんで、萩尾と向かい合って座すと、白い歯をみせて照れたように笑った。だいぶ飲んでいるようだ。目許《めもと》がほんのり紅《あか》い。

「お料理をおねがいします。すぐに。お酒もたのみます」

萩尾が仲居にいった。仲居が指をついて、襖《ふすま》を閉めた。

「知人の家で酒を馳走《ちそう》になった。したがって、酔っています。あしからず」

竜四郎はふうと野太い吐息をついた。

萩尾に浪人の殺し屋をさしむけた暗黒街の元締は、暗闇の丑松がおっつけつきとめるだろう。にぶいようでいて、それなりに役に立つ奴なのだ。

「それでは、わたしも酔いましょう」

萩尾が茶目な笑顔をつくった。

「竜四郎さま、わたしが酔ったら、介抱してくださいましね」

「むろんだ」

竜四郎がもっともらしくうなずいた。

「拙者でよければ、どれだけでも介抱いたそうではないか」

「嬉しい」

萩尾は小娘のように両手を胸もとで組んで破顔した。なぜか、とても大胆になっている。

「お会いしたかったです、竜四郎さま」

「拙者もだ。萩尾どの」

竜四郎が眼をそらさずにいった。

「前もって知らせてくれれば、待たせはしなかった」

「ほんとうでございますか」

萩尾の深い睫毛《まつげ》にかこまれた瞳がかがやいた。

「うむ」

竜四郎があごをなでた。不精ひげがざらついた。

「萩尾どのの俤がつねに頭のすみにある。三十歳を過ぎた浪人だというのにな」

まんざら冗談でもなかった。

もしかしたら、惚れてしまったのかもしれない。

「このようなことを申すと、野良犬とさして変わらぬ痩せ浪人の拙者でも照れる」

「竜四郎さまも、照れるのでしょうか」

萩尾が真剣なまなざしで、じっと竜四郎をみつめる。瞳がほのかにうるんでいる。

「わたしも、竜四郎さまに惚れてしまいました。良人のある身で、はしたないとは存じますが、わたしは良人を良人と思ったことはございません」

萩尾にはあの初老の薄気味わるい男は、あくまで惣番頭の治平にすぎないのである。

「ごめんくださいませ」

仲居の声とともに襖がひらき、料理がはこばれてきた。

花鯛《はなだい》と伊勢海老の活造《いきづく》りが大皿に盛りつけられている。当然ながら、鰹《かつお》の銀造りも大葉をつまにして別皿に盛ってあった。

あわびの蒸し焼き、雉《きじ》のあぶり焼き、鮎豆腐《あゆどうふ》、野菜の煮物、浅蜊《あさり》の卵寄せ椀盛りなど、料理は大ぶりの卓にのりきらないほどであった。

「わたし、お酌《しゃく》をさせていただきますわ」

萩尾は向かいから竜四郎の隣りに席を移し、小首をかしげるようにして蒔絵《まきえ》の銚子をとりあげた。その仕種《しぐさ》がなんとも可憐《かれん》で、竜四郎は柄にもなく萩尾を抱きしめたい衝動にかられた。

「わたくしにも、ついで」

萩尾は竜四郎のぐい呑みに銚子の酒を満たすと、自分のぐい呑みを竜四郎の前に差しだした。

竜四郎は笑顔で酌をした。

萩尾は細く白い喉を反らすようにして、ぐい呑みを口にはこんだ。立てつづけに三杯、飲んだ。

「とても美味《おい》しいわ」

萩尾は口もとをほころばした。

「でも、なんだか、からだのなかが燃えているように熱くなりました」

「酒とは、そういうものだ」

竜四郎は目許をなごませると、鰹の銀造りを口にほうりこんだ。

表情がひきしまった。

眼光にするどさがこもった。

「萩尾どの、先日、馳走にあずかった折り、そなたは、上野広小路でそなたを狙った浪人は、何者かに雇われた殺し屋だと申したな」

「はい」

萩尾がかたいおももちでうなずいた。

「あれから、あまり外に出ておりません。日中、他出するときには、番頭の友蔵と手代の松吉、それに女中を二人ともないます」

萩尾はちょっぴり不服そうに竜四郎を見やった。

「身辺警護をお願いしようと思っても、竜四郎さまは田原町の長屋にいらっしゃらないのだもの。これでは、お頼みできませんわ」

「すまぬ。いささか用があってな」

竜四郎が伊勢海老の造りに箸をつけた。

酒井右京太夫経明の辻斬りの件がある。一介の素浪人にすぎない竜四郎には手にある相手だが、人を人とも思わず、おのれが興奮し、人を斬る快感を味わいたいために辻斬りするような奴をみすごしにすることはできない。

（それに、金になる、べらぼうな金にな）

竜四郎の双眸がにぶく沈んだ。

こういう権力者の蛮行《ばんこう》のはなしは、河内山宗俊にもちこむにかぎるのだ。御数寄屋坊主という卑職にすぎない河内山だが、幕府の権力者にたいする反骨精神は強烈で、しかも、すこぶる知恵がまわる。

御側衆の酒井右京をこのままにしておくはずがない。

（だが、それはそれ、これはこれだ）

竜四郎のやや月代《さかやき》ののびた貌にある種の凄みがこもった。

「萩尾どの、そなたと関わり合いになり、こうして馳走にあずかるようになったのも、なにかの縁だ。拙者は、縁を大事にする」

「はい」

萩尾の人妻の色香のただよう美しい顔がひきしまった。小料理屋の女将風の銀杏《いちょう》返しの髷も、それなりによく似合った。

「拙者は、萩尾どのをなき者にしようとする根を断ち、真相を究明する所存だ」

「真相を究明するとは、いかなることでございましょう」

「萩尾どのの殺しを暗黒街の元締にたのんだやつをみつけるということだ」

「それは、わかっております」

萩尾の声には確信のひびきがあった。

「されど、証拠というものがない。のっぴきならない証拠がな」

竜四郎が酒盃をぐっとあおった。萩尾を殺したい者は、萩尾の亭主である三浦屋四郎次郎いがいにいないのだ。妾に男子が生まれたので、治平（三浦屋四郎次郎）は萩尾の件にはやく決着をつけようとして、暗黒街の元締に萩尾殺しを依頼したにちがいない。

そうはいっても、証拠はなんにもないのである。

「その話は、やめにしよう。とにかく、悪いようにはいたさぬ」

竜四郎は闊達な笑みを浮かべた。

「酔ってしまいましたわ」

萩尾がわざとらしくいい、竜四郎にしなだれかかった。

「竜四郎さま、介抱してくださいましね」

萩尾は浴衣の上から縞《しま》の入った薄紅色の綿入れ半纏《はんてん》をはおっている。浴衣の下は素肌である。半纏の紐はむすんでいない。

酔いが大胆にしているのか、萩尾は濡れた瞳で竜四郎の手をとり、浴衣の上から自分の胸へといざなった。胸の膨らみが、竜四郎の掌にすっぽりと包み込まれた。竜四郎が乳房を微妙に揉みほぐした。たちまち乳首が固くしこりはじめた。

「ああ……」

萩尾は竜四郎から顔をそむけるようにして、甘くうめきを洩らした。乳首を通して、濃密な快感が、肌の深部へ甘美な電流となって注ぎ込まれていく。

萩尾は陶然《とうぜん》とわれを忘れた。なんという気持よさであろうか。彩雲《さいうん》のなかで戯《たわむ》れているような恍惚感である。

竜四郎は官能的な衝動にかられて、萩尾の唇を奪った。掌は浴衣ごしに張りのある乳房をゆっくりと揉んでいる。

萩尾の唇は柔らかく、甘やかな匂いがした。竜四郎は萩尾の唇をはげしく吸い、舌をからめた。

萩尾はすぐさま息を乱しはじめた。

竜四郎は乳房を揉む手を休めずに、萩尾のほっそりした頸《くび》すじに唇を這わせた。耳たぶのふちを舌でそっとなぞった。

「ああ……素敵……濡れてきちゃう」

萩尾は顔をうわむけて瞳を閉じ、うわ言のようにいった。

竜四郎は萩尾から唇をはなし、乳房からも手をはなした。

萩尾のつぶやきは、明らかに不満そうだった。うらみっぽい眼差しを竜四郎に向ける。次の間に、夜具が用意してあるのだ。萩尾の覚悟であった。

「竜四郎さま、次の間に……」

萩尾が絶え入りそうな声でさそった。

「今日のところは、やめておこう」

竜四郎がぐい呑みをとりあげた。

「抱いてくださらないのですか」

萩尾がいどむように胸をつきだした。

「いずれ、潮《しお》というものがこよう」

竜四郎がはぐらかすように笑った。

「いやです」

萩尾はだだっ子のようにはげしくかぶりを振った。

「抱いてくださいませ。竜四郎さまのお情けをいただかせてください」

「萩尾どの、拙者をあまり困らせないでくれ」

竜四郎は、にがそうに頰をさすった。

「ああ……」

「男と女の仲というものは、木の実が熟して落ちるように、時がくれば自然にそうなるものなのだ。そのあたりの機微《きび》をわかってもらいたい」

竜四郎はぐい呑みを伏せた。

4

内藤新宿の五日市《いつかいち》街道沿いに花園神社がある。ひろい境内には、掛小屋がいくつも並んでいる。掛小屋のまわりには、長ドスを腰にぶち込んだ剣呑な眼つきの無頼漢やけだもののような顔をした浪人がうろついている。

掛小屋のなかは、南蛮歌留多をつかった博奕場で、異様な熱気が充満していた。客は十五、六人ほどだ。

商家の旦那、旗本、御家人、浪人、博徒、職人、いろいろな連中が眼を血走らせて極彩《ごくさい》色《しき》で描かれたまがまがしい図柄の南蛮歌留多を凝視している。

この南蛮歌留多の賭場を仕切っているのは博徒の貸元《かしもと》、道玄《どうげん》の伊蔵《いぞう》、久保田《くぼた》の権兵衛、風鈴《ふうりん》の佐右衛門の三人で、その勢力はほぼ拮抗《きっこう》している。

それというのも、三人の博徒の貸元に浪人どもを分配している浪人がいるからである。

その浪人は鬼木塚典膳《おにきづかてんぜん》といって、正伝《しょうでん》一刀流の恐るべき使い手であった。しかも、太い松の幹をも切り倒す桁《けた》ちがいの剛剣である。

背丈は六尺二寸（一八六センチ）、当時としては雲をつくばかりの巨漢だ。総髪に白いものが目立つ。おそらく、四十半ばであろう。暗い眼は野獣のように凶暴で鼻は異様な鉤鼻《かぎばな》であった。唇はぶあつく、首は太く、肩は筋肉が盛りあがっている。

この鬼木塚典膳が内藤新宿に巣喰っている三千人とも四千人ともいわれる浪人どもを束ねているといえるだろう。

四宿といわれる東海道の品川宿、中山道《なかせんどう》の板橋宿、奥州道の千住宿、そして、甲州道の内藤新宿だが、享保三年に利権がらみのいざこざがあって、内藤新宿は宿《しゅく》から廃《はず》された。これが内藤新宿を危険きわまりない無法地帯に変貌させてしまったのである。

宿から廃されたといっても、内藤新宿には甲州街道、五日市街道、青梅街道などが通じていて、それらの街道から野菜、鳥獣、川魚、絹、綿、その他の物産が江戸に運び込まれる。

すなわち、内藤新宿は、江戸近郊の街や村落から江戸へ運び込む物資の集積地として栄えていたのだった。

花園神社から三町ほど南へ行った飯田通りの脇を入ったところに、周囲に巨杉の生い繁った廃寺がある。

山門から二十数段、石段をのぼると廃寺の本堂があり、その脇に細長い庫裏《くり》がついている。どうして廃寺になったかというと、七、八年前、住職が岡場所の女と逃げたからだそうだ。よくある話ではある。

ひろい境内の奥に本堂が建っている。廃寺だというが、どうして造りはしっかりしていて、朽《く》ちるどころではない。これでは、雨洩りもしないだろう。

五十畳の本堂は板敷だが、埃《ほこり》はたまっていない。

その本堂に、十四、五人の浪人たちが車座になって茶碗酒をのんでいる。この廃寺は、内藤新宿に群がる浪人どもの牙城《がじょう》のようなものなのだ。

大日如来《だいにちにょらい》を祀《まつ》った仏壇を背にして、茶碗酒を傾けているすさまじい形相の大男が、鬼木塚典膳であろう。

鬼木塚典膳の左右には、凶相《きょうそう》の浪人がいる。中戸川《なかとがわ》茂兵衛《もへえ》と陣内伝三郎《じんないでんざぶろう》である。二人とも腕達者な浪人で、どれだけ人を斬ったかわからない。

その他の浪人どもも、ただれた眼をしていて、殺伐《さつばつ》とした雰囲気を身にまとっていた。どいつもこいつも垢にまみれた着物に煮しめたような袴をはいている。月代は伸び放題で、けだもののような顔をしている。

「われら浪人にとって、内藤新宿は住みやすい街だ。江戸市中は町方役人の眼も光って、なにかとうるさく、食うことにも難儀をいたす。そこにいくと、宿でもない内藤新宿は、博徒の貸元連中が十手をあずかっている。無法街ほど、浪人にとってありがたいものはない」

鬼木塚典膳は眼のふちに暗い笑みをにじませると、茶碗酒をぐびぐびと喉に流し込んだ。

肴《さかな》もある。川魚の干物である。

陽のあるうちから酒を飲み、肴もあるというのは、腹をすかせた浪人には贅沢のきわみであった。

浪人が例外なく痩せ細り、頬の肉がげっそり削《そ》げ落ちているのは、ろくすっぽめしを食っていないからにほかならない。

「この内藤新宿には、花園神社、大鳥《おおとり》神社をはじめ、寺社が三十数軒あり、その境内にはいずれも南蛮歌留多の賭場がある。岡場所も多い。カネが落ちるのは当然だろうが」

鬼木塚典膳がただれたふくみ笑いを洩らした。

「浪人の稼ぎ場として、内藤新宿は絶好だ。用心棒の仕事はいくらでもあるし、場合によれば辻斬りもできる。岡場所の女どもは、少々、土くさいがな」

「鬼木塚先生、贅沢はいえませんぞ」

左隣りに陣取っている中戸川茂兵衛が陰湿に薄笑った。

「江戸はもとより、品川宿や板橋宿、千住宿でも、浪人の取締《とりしま》りがきびしく、暮らすのも容易ではないといいますぞ。なにかすると、浪人はたちまち町方役人に捕えられ、ろくな裁《さば》きもされずに首を刎《は》ねられてしまう。浪人したとたん、人間あつかいされなくなる。まったくもって腹立たしい話だ」

「われら浪人は、公儀の諸藩取潰《とりつぶ》し政策の犠牲者だ」

梨木小一郎《なしきこいちろう》という浪人は、眼をつりあげてわめきあげると、茶碗酒をあおりつけた。浪人暮らしが長いのだろう。衣服は垢《あか》にまみれ、眼はおちくぼみ、顔色はどすぐろくくすんでいた。

一種の瘴気《しょうき》のような、毒々しい沈黙が廃寺の本堂のなかにひろがった。凶暴な忿怒《ふんぬ》と毒の充満している沈黙であった。

「幕府は何度となく浪人狩りをしたことがある。江戸財界の商人どもに費用をださせてな」

鬼木塚典膳の右隣りの陣内伝三郎がもっともらしいおももちでいった。

「凄腕の浪人を公儀が雇って、浪人どもを斬り殺させたこともある。浪人と浪人が斬り合えば私闘だからな。それで、江戸の浪人どもが激減すれば、奉行所も、幕府もいうことはあるまい。浪人狩りにかかる経費は江戸財界に負担させるのだしな」

「ふざけた話だ。腹が煮えたつわ」

野際一馬《のぎわかずま》という浪人がにくにくしげなおももちで吐き捨てた。

「そもそも大名を取潰して、浪人をふやしたのは公儀ではないか。その公儀が江戸にあふれた浪人を始末するとは、身勝手もはなはだしいわ。しかも、浪人に浪人を斬らせるなど、言語道断《ごんごどうだん》だ」

「公儀のやり口は、あまりにも卑劣すぎるわ」

梨木小一郎が奥歯をはげしく噛み鳴らした。頬のげっそりした面貌は怒りにゆがんでいる。

「われらは好きこのんで浪人になったわけではない。幕府の大名廃絶策がわれらを浪人という名の野良犬にしたのだ」

「われら浪人は、明日の命もわからぬ。それならそれで、太く短く生きるのも一興《いっきょう》ぞ」

鬼木塚典膳は凄みのある笑みを目尻ににじませると、喉を鳴らして茶碗酒をあおりつけた。

「貧《ひん》すれば鈍《どん》すると申す。われら浪人で、鈍しておらぬ者などいない。腰に刀を差しているが、浪人は武士ではないのだ。すなわち、なにをしてもいいのだ。垢にまみれた浪人に、矜《ほこ》りもへったくれもあるものか」

いきなり、本堂の観音開《かんのんびら》きの扉がひらき、一陣の飄風《ひょうふう》がするどく吹き込んできた。

開けはなった扉の前に、西陽を背に受けた人影が立っていた。五尺そこそこで、子供のようである。

「誰だ‼」

数人の浪人が眼をいからせて腰をあげた。さすがに、鬼木塚典膳、中戸川茂兵衛、陣内伝三郎ら首脳陣はおちつきはらっている。

影絵のように貌《かお》の翳《かげ》ったその人物は、若衆髷を結い、あざやかな蘇芳《すおう》色の陣羽織をまとっていた。

「狼のような不逞浪人ども、覚悟いたせ」

かん高い声がひびいた。
十四、五人の浪人たちはぎょっとした。そのきんきんした声に、なんとも厭な、病的なものを感じたのである。
「なにを申すか。無礼な奴めが」

鬼木塚典膳がずかりと腰をあげた。

「それがしは、栗本新之丞、内藤新宿を食いものにしている不逞浪人どもの成敗に参上いたした」

「ふざけるな!!」

浪人たちが顔色を変えて、一斉に抜刀した。堂内におびただしい白刃が銀色のひらめきをはなった。

ひと呼吸おいて、栗本新之丞の五尺の矮軀《わいく》が飛鳥のように宙を翔《か》けた。抜きはなった二尺ほどの太刀が旋風のように奔《はし》った。

「ぎゃあ!!」

「わあ!!」

絶叫が立てつづけにほとばしった。鮮血が瀑布《ばくふ》のように乱れ散る。

栗本新之丞は、ほとんど瞬間的に三人の浪人を斬り捨てたのだった。すさまじいばかりに清らかな美貌が返り血を浴びて、息をのむほど凄愴《せいそう》であった。

栗本新之丞は啞然《あぜん》としている浪人どもの唯中《ただなか》にすさまじい勢いで躍《おど》り込むと、浪人どもの肩を断ち切り、脾腹《ひばら》をえぐり、額からあごまで縦一文字に斬り裂いた。

その凄絶さは、まさに鬼であり、阿修羅《あしゅら》であった。

栗本新之丞は小動物のように俊敏だった。右に左に駆け走り、宙に躍動し、鮮血したたる刀をふるいにふるった。

「こやつ、天狗の化身か」

鬼木塚典膳はある種異様な恐怖感をおぼえつつ、二尺七寸の大刀を抜きはなった。正《しょう》伝《でん》一刀流の剣客である。とはいえ、栗本新之丞のようにすばやい太刀筋は見たこともない。

「貴様が主将か」

栗本新之丞は死人の山を築きつつ、二尺の太刀を逆八双にかまえて、鬼木塚典膳にするどくせまった。

全身に汗が噴き出た。滝のような汗であった。これまで相手にしたことのない異様な剣法に遭《あ》ったたじろぎが、意識に恐怖を芽生えさせたのかもしれない。

数瞬あった。

「きええい!!」

栗本新之丞は、怪鳥《けちょう》の咆哮《ほうこう》のような気合を発するや、電光のごとくに鬼木塚典膳の左横を奔《はし》り抜けた。

「うぐっ!!」

鬼木塚典膳の巨軀が前のめりに崩れこんだ。斬り裂かれた脾腹から、血まみれの内臓がはみだしている。あまりにも速い抜き胴である。

「鋭!!」

振りかえるや、栗本新之丞の太刀がするどく一閃した。中戸川茂兵衛の生首が血汐を引いて宙を奔った。

「わあ!!」

浪人どもが悲鳴をあげて堂内から転がり出て、境内を逃げていく。戦慄《せんりつ》するばかりの太刀筋の凄さに、怖れおののいてしまったのだ。

「ふっ」

栗本新之丞の返り血に染まった顔に、あの病的な笑みがにじんだ。ほとんど疲労の気配はない。わずかに、頬や首筋に汗がしたたっているだけであった。

5

内藤新宿の矢来町《やらいちょう》にかけて、江戸川の支流がながれている。この支流を土地の者は新宿川と呼んでいる。内藤新宿の繁華街を縦断しているからかもしれない。あまり大きな川ではなく、小川に毛の生えたていどの川である。

この新宿川の花園神社の近くには、北橋、南橋、新西橋と三つの橋がかかっている。

新西橋の橋のたもとにかなり大きい居酒屋があり、十数人の飯盛女《めしもりおんな》をかかえている。

飯盛女とは、その居酒屋に飼《か》われている女郎のことで、皮膚の籾《もみ》くさい土地の娘が、あるいは江戸の場末の岡場所からながれてきたくたびれた年増女郎がほとんどであった。

店のなかは、幅一間の通路が三本通っていて、それらの通路をはさんだ両側が入れこみの板敷きになっている。

居酒屋の客の大半は、むさくるしい月代に不精ひげを生やし、くたびれきった着流しをまとった垢くさい浪人どもばかりで、花園神社や大鳥神社でさかっている南蛮歌留多博奕に勝った客目当ての、あだっぽい商売女たちも幾人か隅《すみ》に陣取り、手酌で酒を飲んでいる。

浪人どもは、三十人ほどもいるだろうか。花園神社や大鳥神社の賭場でなにかあったら駆けつける手筈《てはず》になっている。

「昨日の夕がた、鬼木塚典膳先生が殺されたのは知っておろう」

小野義兵衛が隣りで酒を飲んでいる今津小左衛門の袖を引いた。

「鬼木塚典膳先生ほどの剛剣の使い手が、ただの一閃で脾腹を深々とえぐられたそうだ」

「飯田の廃寺でのことだろう。耳にしている」

今津小左衛門は、けわしいおももちでぐい呑みの酒を口に流し込んだ。

「副将格としてふんぞりかえっていた中戸川茂兵衛どのも、生首が血汐を曳いて宙を飛んだそうだ。世の中には、すさまじい使い手がいるものよ」

小野義兵衛が二合徳利をとりあげ、酒をぐい呑みにとくとくと満たした。

この内藤新宿にいて、博徒《ばくと》の貸元である道玄の伊蔵、久保田の権兵衛、風鈴《ふうりん》の佐右衛門のいずれかに加担すれば、野良犬のような浪人どもは、この居酒屋めし屋、寺社の軒下などで酒がのめ、食いものにありつくことができるのだ。

食いものは米五分、麦五分の飯、味噌汁、干物のあぶったもの、大根の切漬けである。ときどき、それに生卵がつく。

浪人にすれば、もちろん、馳走の部類だ。浪人の食いものは、麦めしに汁をぶっかけたものがほとんどなのである。

内藤新宿には、南蛮歌留多賭博の人気で、おもしろいようにカネが落ちる。カネの落ちるところには無頼漢、浪人、娼婦がそのカネの臭いを嗅ぎつけて、アリのように集まってくる。

この居酒屋にいる浪人どもも、そうしたアリのような連中であった。浪人どもは痩せておちくぼんだ眼がいやしげになり、飢えたけだもののような熱い炯《ひか》りを宿している。あるいは、かれらはもはや、人間でなくなってしまっているのかもしれぬ。

「鬼木塚典膳先生たちは十四、五人で、廃寺の本堂で酒をのんでいた。そこへ、若衆髷に蘇芳色の陣羽織という派手ないでたちの小柄な若僧が、いきなり、あらわれた。そやつ、剣を抜いて、ものすごい速さで鬼木塚先生たちに挑みかかってきたというぞ」

小野義兵衛がぐびりと喉を鳴らして酒をのんだ。

「それが、想像を絶するほどすさまじい、あたかも、数十人の野武士が白刃《はくじん》をふるって暴れ込んできたかのようだったそうだ」

「それで、浪人たちは、どれだけ斬られたのだ」

今津小左衛門の小さな眼が微妙な表情をつくった。

「ほとんどあっという間に八人が亡骸《むくろ》になった。副将きどりだった陣内伝三郎は、かろうじて逃げおおせたらしいがな。陣内伝三郎は内藤新宿を仕切っている三人の貸元はじめ、だれかれなしに、小天狗のようだったと吹聴《ふいちょう》しておるわ。なにしろ、美貌の魔剣士は背《せ》丈《たけ》が五尺そこそこだというからな」

小野義兵衛は意味もなく笑うと、焼ざましで固くなった川魚の干物を奥歯でかじった。

暮六つにはだいぶ間のある刻限だった。初夏は、陽が長い。

居酒屋にぬっと入ってきた人影があった。

入れこみで酒をのんでいた浪人どもがぎょっとしたように立ちあがった。

ひろい居酒屋は一瞬のうちに緊迫した。

「内藤新宿で狼藉《ろうぜき》のかぎりをふるう不逞浪人ども、この栗本新之丞が天に代わって成敗してくれるわ!!」

栗本新之丞は烈火の剣幕で居酒屋の浪人どもを睨みつけると、鍔鳴《つばな》りを発して腰の利刀をするどく抜きはなった。ふだんは清らかな眼が異様につりあがり、魔がとり憑いたかのような狂的な光をきらめかせている。

「きええい!!」

栗本新之丞は脳天からつきぬけるような気合とともに宙に躍り、入口近くにいた浪人三人を斬り倒した。息をのむばかりのすさまじい太刀筋であった。三人の浪人は絶叫をあげ血汐を散らして、ばたばたと通路に倒れ伏した。

「外へ出ろ。ここでは、店も、一般の客も迷惑する」

栗本新之丞は鮮血したたる刀を片手八双にかまえると、眼のふちに黴《かび》のように微笑をにじませて、悠々たる態度で居酒屋の外へ出た。

数瞬あって、抜刀した浪人たちが居酒屋から飛びだし、栗本新之丞に殺到してきた。

栗本新之丞は新宿川を背にして、二尺の太刀を八双にかまえていた。

すぐ近くに新西橋があり、その橋の中央に、山岡頭巾をつけた二人の武士が欄干《らんかん》にもたれていた。二人とも、若葉色の羽織袴で、立派な身装であった。

いうまでもなく鳥居耀蔵と近藤達之進である。二人の双眼は昂奮して、水晶のようなきらめきを発していた。

「つつみこめい!!」

浪人のひとりが大刀を大上段にふりかぶってわめいた。

中央に五人、東側に三人がまわり、西側にも三人が走った。

だが、つつみ込まれても、栗本新之丞は平然として、余裕の薄笑いさえ浮かべている。

栗本新之丞は二、三度、深呼吸をくりかえすと、機をみてさっと踵《きびす》をまわし、西側にまわり込む三人めがけて軀をおもいきって躍動させた。

三人が唖然とする。

「きええい」

栗本新之丞は空中を滑空《かっくう》するむささびのごとくに宙を翔け、三人めがけて躍り込んだ。

栗本新之丞の白刃が銀光を曳いてめまぐるしく旋回する。瞬時に、三人の浪人は右肩を割られ、胸板を斬り裂かれ、脾腹をえぐられ、鮮血を散らして絶叫とともに地べたに転がった。

二十余人の浪人たちは、大刀を星眼《せいがん》にかまえて栗本新之丞をつつみ込んでいるが、だれ一人として、五尺足らずの若衆髷の新之丞に斬り込もうとしない。あまりに峻烈《しゅんれつ》な新之丞の太刀筋に、怯《おび》えた犬のようになってしまったのかもしれない。

新之丞はおのれの呼吸をととのえると、中央の浪人どもの群れに一気にせまった。

小野義兵衛の背筋に戦慄が駆けた。なんと、眼前に、蘇芳色の陣羽織の魔剣士が肉薄しているではないか。

小野義兵衛の双眼が恐怖で凍《こお》りついた。

新之丞の二尺の利刀が小野義兵衛の右肩にすさまじい勢いで叩き込まれた。銀光ひらめく刀刃《とうじん》は小野義兵衛の右肩から胸乳の下あたりまで裂けていた。もちろん、大量の血汐がぶちまけられた。

小野義兵衛は新之丞の太刀筋の猛烈な速さに、かわすことも受けることもできず、木偶《でく》のように斬られ、ぶざまによろめき倒れたのだった。

間髪《かんはつ》を入れず、新之丞は右脚から左脚へ体重を移動させるや、小野義兵衛の左側にいた浪人の脾腹を斬り裂いた。

刃鳴りがして、空気が裂けた。それは、細い笛のような音だった。

「凄まじい、斬截《ざんせつ》というに相応《ふさわ》しい斬り方じゃ」

山岡頭巾をかぶった鳥居耀蔵が新西橋の欄干にもたれながら、太い溜息《ためいき》をついた。

「若衆髷の太刀筋は浪人どもの倍も速い。これでは、勝負にもなにもならぬわ」

「この内藤新宿で実績を示せば、札差の田丸屋千左衛門もだししぶることはありますまい。すぐにも、数万両が高輪《たかなわ》の中野碩翁さまのお屋敷にはこびこまれましょうぞ」

近藤達之進が狡《ず》るそうに薄笑った。目付にあるまじきものいいといえるだろう。

栗本新之丞と浪人どもは息づまるような迫力で斬り結んでいる。剣戟《けんげき》が間断なく鳴りひびき、絶叫と悲鳴があがり、血汐が噴霧《ふんむ》のように乱舞する。

すでに、栗本新之丞の全身は返り血を浴びて真っ赤であった。こういうのを蘇芳《すおう》びたしというのであろう。

「近藤、あの若い魔物には、いくらくれてやると申したな」

鳥居耀蔵が低い声でいった。細い双眸に狡猾《こうかつ》な笑みが宿っている。

「ひとり二両でござる。飯田通りの廃寺では八人を冥土へ送りましたので、奴め、十六両を稼いだ勘定になります」

近藤達之進の喉の奥でにぶい笑い声が洩れた。

「これも、瀬里奈楼の夕霧花魁抱きたさ一心といえないこともございますまい。栗本新之丞は浪人どもをどれだけでも斬りましょうぞ」

「近藤、これを」

　鳥居耀蔵はふところから切餅《きりもち》（二十五両）四個をとりだすと、近藤達之進の羽織のたもとにそっとおとした。

「これは、お気づかいいただきまして、恐縮いたします」

近藤達之進がへりくだった笑みを目尻ににじませた。

幕府高官のなかでも際立つ存在である目付だが、金にはほとんど縁がない。目付は、同役同士がたがいに監視し合い、失敗《ミス》をほじくりだしてどしどし蹴落とす。

それだけに、よほど信用のできる相手でなければ、目付が金を受けとることはない。

この場合、相手はすべての目付を統轄《とうかつ》する若年寄補佐役なのだ。これほど信用できる相手もおるまい。

「金は、中野碩翁さまからでておる」

鳥居耀蔵が懐手《ふところで》で薄く笑った。

「中野碩翁さまは、山吹色には目がないゆえ、なんとしても江戸財界から金を徴集しなければな」

新宿川畔の凄絶な闘争は、もはや、終結に近づいている。

若衆髷の栗本新之丞が浪人どもの唯中に躍り込んで、縦横無尽《じゅうおうむじん》に刀刃をふるっているのである。

すでに大勢は決しているといってよい。新宿川畔のくさむらは、おびただしい血だまりとなり、その血だまりのなかに浪人の亡骸《むくろ》が累々《るいるい》と倒れ伏している。ざっと十二、三体はあるだろうか。

浪人どもは、舞うがごとくに斬りさばく栗本新之丞の乱八流に怖《お》ぞけをふるい、逃げ腰となり、闘うどころではない。

ややあって、一人が悲鳴をあげてきびすを返し、脱兎《だっと》のごとくに駆けだすと、のこりの浪人どももクモの子を散らすがごとくに逃げだしたのだった。

「弱きやつらよ。それがしの敵ではないわ」

栗本新之丞は嘲《あざけ》るように笑うと、三、四度利刀をするどく振りおろして、鮮血を切り、それから懐紙で刃を拭って朱鞘におさめた。

返り血で赤く染まった貌は、息をのむ美貌だけに、戦慄するほどの凄さであった。

6

夕霧が跪《ひざまず》いて、栗本新之丞の着物の帯を解いた。夕霧はすでに藤色の長襦袢《ながじゅばん》に着替えている。長襦袢のえりもとからは、白い乳房の膨らみが匂いたつようにのぞいている。

栗本新之丞は、拳固《げんこ》を思いきりにぎりしめたような表情で、夕霧にされるにまかせている。緊張感が筋肉質の全身に感じられる。

新之丞は夕霧の閨技《ねやわざ》に、身も心も蕩《とろ》けさせられてしまった様子である。剣を握れば、魔神の強さを発揮するが、ふだんはろくに遊びも知らない田舎出の若僧にすぎないのだ。

夕霧が禿《かむろ》に着物をわたす。禿はそれを呉服台におさめ、懐中物はふみだれに入れた。

「新さま」

夕霧は新之丞を生まれたままの姿にするとたくましく勃起《ぼっき》した一物に眼をほそめ、それから、いとおしそうに頬ずりをくりかえした。

夕霧が新之丞の分身を唇で濡らし、亀頭に薄桃色の舌をからみつかせた。

「うっ、ううっ」

新之丞の喉もとから快美を訴えるうめきが洩れた。これまで味わったことのない濃厚な快感が、夕霧の絶妙な舌戯《ぜつぎ》によって湧き立ったのだった。あるいは、汲めども尽きぬ快美の蜜の泉に、夕霧の舌戯が通じているのかもしれぬ。

ほどなく、夕霧は猛り立った新之丞の分身から唇をはなすと、艶っぽい微笑をふくんだ。

「御寝《ぎょし》なりまし」

新之丞は一糸まとわぬ裸形で横たわり、その左側に夕霧がしどけなくとりすがった。すでに、藤色の長襦袢のえりもとは乱れ、稜線のくっきりした張りのある乳房が、恥じらうようにのぞいている。

ちなみに、花魁が左側に寝ると、客を好いている証拠になるという。客が利き手である右手を自由に動かせ、花魁の躰をあますことなく愛《め》でられるかららしい。とはいえ、真偽《しんぎ》のほどはさだかではない。

新之丞が夕霧と媾合するのは、これで、三度目である。れっきとした馴染み客といっていい。

新之丞は躰を起こして、夕霧の躰におおいかぶさった。夕霧の肌は雪のように白く、きめこまかで、絹のような光沢をはらんでいた。

新之丞は眼をみひらき、息をあらがせると夕霧の乳房を握り込み、はげしく揉みあげた。

「ああ……」

夕霧は、甘いうずきをおぼえて、肢体をうねらせてのけぞった。もとより、夕霧の演技だが、吉原で遊び馴れていない新之丞にわかろうはずはない。

新之丞は乱れはじめた夕霧の呼吸に昂奮し、凄艶ともいえる美貌を夕霧の下腹部に這いおろした。

秘処が、新之丞の眼の前にあられもなくさらけだされた。淡い恥毛が秘処の上部に、ひとむら、翳《かげ》りをつくっているにすぎない。

このように、吉原の高級花魁は、秘処の恥毛を自分のこのみにしているのである。

夕霧の秘処は、象牙《ぞうげ》のようになめらかで、しかも、むっちりと凝脂《ぎょうし》がのっている。

「美しい……」

新之丞の唇から陶然《とうぜん》たるつぶやきが洩《も》れた。艶《つや》のあるふっくらした女陰の薄紅色の切れ込みが少女のようにパックリしている。すなわち、割れ目が桃のような女陰の中心を縦に深く切れ込んでいて、その深みから珊瑚《さんご》色の肉襞が、なにかの花びらのようにのぞいているのである。

割れ目の上端には、真珠色の光沢を帯びたつややかな敏感な肉の芽が、ほんの米粒ぐらいに頭をだして、新之丞の唇を妖《あや》しく誘っているかのようであった。

新之丞は夕霧の秘処を凝視しつつ、その白いふくよかな肉襞に舌を這わせた。

「あっ、ああ……」

夕霧の唇から悲鳴のようなうめきが散った。感じているのだろう。

夕霧の秘処の切れ込みの深みが露《つゆ》をはらんでうっすらと光っている。夕霧がせがむように小さく腰をゆすると、割れ目が小さくほころびたり閉じたりして、燃え立つようにあざやかな襞《ひだ》が見え隠れした。

えたいのしれない衝動にかられて、新之丞は夕霧の秘処に貌をおしつけた。熱いうるみをつけたまま、割れ目をなぞりあげていく新之丞の舌の先に、やわらかく戯《たわむ》れかかるようにして桜色の肉襞が小さくまとわりついてきた。

新之丞が肉襞を舌先でころがすようにすると、夕霧は押し殺したような声を洩らして、はげしく息を乱した。夕霧の美しい腹部から脇腹にかけて、さざ波のようなこまかな慄《ふる》えが走った。

新之丞はなにか残忍な思いにとらわれ、夕霧の肉の芽を指でえぐりだした。

「あっ、あっ、あれっ」

夕霧が意表をつかれたかのように繊細な声を発する、かぶりを狂ったように打ち振った。鮮烈な快感が真珠色の陰核に生じたのだろう。

露出した夕霧の陰核は、すっかり膨らみきって、みずみずしく光っていた。

新之丞は陰核を唇にふくみ、吸いあげ、舌先ではじいた。そうしながら、指を秘処のはざまに埋めこんだ。

夕霧の唇から、はばかりのない声とことばがきれぎれに洩れ出た。

いきなり、夕霧ははじけるように上体を跳ね起こした。

「主《ぬし》、新之丞さま……」

濡《ぬ》れた声で情にうったえると、夕霧は新之丞の首筋に白い腕を巻きつけ、唇をむさぼり吸った。新之丞は夕霧の蜜湯《みつゆ》のように甘い口腔《こうくう》に魂がとかしこまれていくような錯覚をおぼえ、なんだか怖ろしくなった。

夕霧は濃密な接吻をつづけながら、新之丞の膝に跨《また》がってきた。夕霧の白磁のように白く耀《かが》やく肌がうるおいを帯びている。

秘処が上から新之丞の鋼《はがね》のように硬《かた》く怒張した男根におしかぶせられた。

ずっ、ずず。

微妙な律動をともなって、新之丞の男根が夕霧の秘処の奥深くに埋め込まれていく。うるおいすぎるほど濡れた夕霧の膣の肉襞は、新之丞の一物を包み込みながら、微妙に蠕動《ぜんどう》しはじめた。それが、えもいわれぬ快感を新之丞に植え付けるのである。

夕霧は両脚で新之丞の腰をつよくはさみつけると、両手を後頭部に当てがって、上体を弓なりに反《そ》らせた。ずずっ、ずっとめり込むように男根が付け根まで秘処にくわえられた。

快感の怒濤《どとう》がすさまじい勢いで襲いかかり、すぐさま潮《うしお》のように退いてゆく。

やがて、新之丞の快感が絶頂へと昇りはじめた。

「ああ……あっ、あっ」

夕霧が狂気のようにあえいだ。花魁の心と躰《からだ》をとり巻くすべての拘束《こうそく》から解きはなたれて、歓喜と愉悦をむさぼりながら果ててゆくのだろう。

美しい眉が横一文字に吊り上がり、閉じた瞼《まぶた》のはしが小刻みに慄《ふる》えている。

「うっ!!」

新之丞の鍛えぬかれた鋼鉄のような軀が硬直した。形容することのできない鮮烈な快感が稲妻のように脳天に噴きあがり、同時にすさまじい勢いで射精したのだった。

どれだけ放心状態がつづいただろうか。

新之丞の眼の前には、夕霧の太腿と秘処があった。珊瑚色の綺麗な膣から溢《あふ》れた体液が深みに青味をたたえた夕霧の内腿に透明な跡《あと》をつけている。

新之丞はある種倒錯《とうさく》した欲情にかられ、ほのかに濡れ光る夕霧の秘処に唇をおしつけたのだった。

第四章　倒錯の炎

1

練塀小路の河内山宗俊の屋敷に来客があった。江戸で一、二を争う大道場の道場主、奈良林弥七郎である。

駿河台・木挽町《こびきちょう》に立派な造りの大道場をかまえ、門弟も三百人をこえる。

奈良林弥七郎は五十二歳、総髪に白いものがまじる齢《とし》になっている。皺の多い角張った貌には、沈痛な色があった。

奈良林弥七郎と河内山宗俊は書院で面談している。

書院から遠くはなれた居間で、金子市之丞、森田屋清蔵、片岡直次郎、暗闇の丑松ら、河内山宗俊党の面々がうちそろって酒をかっくらっていた。河内山という男は、仲間にはいたって気持のよい男で、仲間が練塀小路の邸にぶらりと寄れば、かならず酒の膳をだす。

「奈良林弥七郎っていう剣術使いは、奈良林一刀流の看板をかかげる剣客だがな、剣の腕より、そろばん勘定のほうが得意な奴だそうだぜ」

片岡直次郎はあぐらを組み替えると、酒盃を口に運びつつ、嘲《あざけ》るようなふくみ笑いを洩らした。

「奈良林は神田・多町《たちょう》の直心影流・大河内太兵衛の代稽古をつとめていた心形一刀流の栗本平内と立ち合い、栗本平内を撃ち倒して名をあげ、雄藩の後押しもあって江戸剣術界にめきめき頭角をあらわしたって寸法よ。いまでは、駿河台・木挽町の奈良林道場は、石《せき》州《しゅう》・浜田の松平周防守《すおうのかみ》、出羽・久保田の佐竹《さたけ》右京大夫《うきょうだいふ》、豊前・中津の奥平大膳大夫をはじめ、諸大名や旗本大身の庇護《ひご》も大きく、それらの藩士や旗本の子息や家来らが門人として道場に通い、道場のなかは活気にむせかえっているそうだ」

「その奈良林弥七郎が、世間で悪党よばわりされている河内山宗俊の邸へ、どうして軀《からだ》をはこんでくるのか。それも、山吹色の土産《みやげ》をかかえてだ」

金子市之丞が皮肉めいた口振りで薄笑った。

「八年ばかり前に大河内道場で、奈良林弥七郎が頭蓋《ずがい》をぶち割った栗本平内は、いま、江戸で評判の美貌の魔剣士、栗本新之丞の父親なのさ。吉原の茶屋で、若年寄補佐の鳥居耀蔵と目付の近藤達之進が栗本新之丞を前にして喋っていやがった」

片岡直次郎が小馬鹿にするように鼻を鳴らした。

「壁に耳あり、障子に眼ありっていうのに、目付も、若年寄補佐も、他人《ひと》さまにきかれても、具合の悪いことを大声で喋りやがる。これも、吉原の解放感あふれる雰囲気のせいかもしれねえな」

「その栗本新之丞だが、内藤新宿で三十数人の浪人を叩き斬ったそうじゃねえか」

森田屋清蔵が眉間に腹立たしげな縦皺を刻みつけた。

「数年前とおなじような資金提供の紙切れが、中野碩翁の名前でまわってきやがった。資金集めの勧進元《かんじんもと》は札差の巨頭、田丸屋千左衛門ときやがる。おれんところは金三百両だとよ。笑わせやがるぜ」

森田屋清蔵は不敵な眼差しで盃の酒をぐびぐびと飲み干した。この盗賊あがりの諸国物産問屋は、いわれのない金をだすのが死ぬほど嫌いなのだ。

「鳥居の妖怪め、栗本新之丞を使って浪人狩りかい。道具になる栗本新之丞も、哀《あわ》れな使い捨てだが、新之丞に斬られる浪人はたまったものじゃねえ。浪人ってのは、幕府の諸藩取潰《とりつぶ》し政策の気の毒な犠牲者なんだぜ」

片岡直次郎が憤然たるおももちで盃をあおった。この御家人くずれは、優男《やさおとこ》に似合わぬ硬骨漢なのかもしれない。

「若年寄補佐の鳥居耀蔵とすれば、金集めのうまい手段ぐらいにしか思っていないさ」

金子市之丞が鮎《あゆ》の煮《に》びたしに箸をつけながら、いまいましげに唇をゆがめた。

「鳥居耀蔵の奴は魔剣士栗本新之丞を知って、さぞかしほくそ笑んだだろうぜ。栗本新之丞に浪人を斬りまくらせれば、その数は自然に減り、江戸から逃げだす浪人も大勢でてこよう」

「ちがいねえ。鳥居の妖怪の考えそうなことよ。もっとも、知恵をつけたのは目付の近藤達之進だがね」

片岡直次郎が昆布の佃煮《つくだに》をむしゃむしゃと食った。

「盗みに脅し、人殺しと悪事に悪事をかさねた浪人どもを奉行所が斬獲《ざんかく》、捕縛《ほばく》しようとすれば、人数も要るし、手間もかかり、費用は莫大だ。捕らえた浪人の始末にも頭がいたい。さしたる証拠もなしに、かたっぱしから首を刎《は》ねることはできないからな。本気で奉行所が浪人の捕縛にのりだせば、それこそ、伝馬町の牢はすし詰め満員になり、入りきれなくなっちまうだろうな」

「本音のところは、幕府はあまり浪人を刺戟《しげき》したくないのだ。江戸はもとより、各地で暴動でも起こせば大事だからな。へたをすれば、幕府の屋台骨がぐらつきかねねえ」

金子市之丞が思案げなおももちで腕を組んだ。

「もしかしたら、鳥居耀蔵は町奉行の座を狙《ねら》っているのかもしれぬな」

「町奉行ってのは、そんなに居心地《いごこち》がいいんですかい」

暗闇の丑松が金子市之丞に首を突きだした。

「町奉行の権限がおよぶのは、江戸ばかりじゃねえんだ。いうなれば、関八州の帝王のようなものなのさ。老中や若年寄のように忙しくも、面倒くさくもないしな」

森田屋清蔵が嚙んで吐きだすようにいった。

「とにかく、鳥居耀蔵は栗本新之丞に浪人をいくらでも斬らせる魂胆だろうぜ。栗本新之丞も浪人だ。浪人同士の斬り合いは私闘ゆえ、奉行所は関知しないからな」

金子市之丞が暗いおももちで頰に掌をあてがった。

「奈良林弥七郎の奴、まさか、河内山に栗本新之丞の始末を頼みにきたわけじゃないだろうな」


その頃。

書院では、奈良林弥七郎が切餅（二十五両）十個を積みあげて、河内山宗俊の前におしだした。下駄《げた》のような角張った面貌に、怯《おび》えと緊迫の表情があった。

「河内山どの、まずはこの金子《きんす》、お納《おさ》めくだされ」

「それがしは貧乏者ゆえ、金子はなによりありがたい」

河内山宗俊はひとをくったような笑みをうかべながら、ながいあごに手をやった。

「されど、栗本新之丞の始末については、河内山の一存ではできぬ。なにしろ、栗本新之丞のうしろには若年寄補佐の鳥居耀蔵がついておるゆえな」

「栗本新之丞は、江戸の名門の道場をすでに十九軒めぐり歩き、道場主や師範格の剣客を容赦《ようしゃ》なく木刀で撃ち殺しておる。それがしは、道場破りは、わが駿河台、木挽町の道場にたいする無言の威圧と受け取っているのでござる」

「ふむ」

河内山のあくのつよい眼が強《きつ》い光をはなった。

「奈良林どの、そなたは八年前、新之丞の父親、栗本平内を大河内道場で打ち倒したことがおありでしたな」

「いかにも」

奈良林弥七郎は顔面に噴き出た汗を布で拭うと、うつむき加減にたよりない吐息を洩らした。

「当時のそれがしは、腕に自信があり、おのれの剣名を江戸中に知らしめようとしており申した。それで、江戸屈指の大道場である大河内道場の栗本平内どのと立ち合い、闘志をむきだしにして栗本平内どのの脳天に渾身《こんしん》の一撃を浴びせたのでござる」

「なるほど」

河内山宗俊はもっともらしいおももちでうなずいた。

「奈良林どの、貴公の気持はよくわかる。一介の武芸者が名を売るためには、その強さを示さねばなりませぬからな」

茶をすすった。

「道場の立合いとはいえども、真剣勝負でござるからな。武術の試合で、立ち合った相手が無残に血を流して死んだとて、罪になるどころか、勝者の武名は大いにあがる。諸国で修行を積んだ奈良林どのも、栗本平内どのとの立合いは、すさまじい気迫であったことでありましょう」

河内山宗俊は茶碗を両手で持ちながら、上目遣《うわめづか》いに奈良林弥七郎の表情をのぞきこんだ。

「で、奈良林どのは、栗本新之丞と立ち合って、勝てますかな」

「正直に申して、勝ちはおぼつきませぬ」

奈良林弥七郎は膝においた両手を握りしめた。剣客として、このようなことを口にするのは屈辱いがいのなにものでもないであろう。

「じつを申すと、門人数十人で栗本新之丞をつつみ込み、数にものをいわせて殺害してしまおうと思いましたが、そのことが露見いたしたなら、それがしをこれまで庇護なさってくだされた諸大名や旗本大身のお歴々にたいして、申し開きができませぬ」

奈良林弥七郎が顔をむけ、河内山宗俊にすがりつくような眼差しを送った。

「近々、栗本新之丞は駿河台・木挽町のわが道場を訪れ、それがしに立合いを申し込むでしょう。新之丞の父親を倒したそれがしとしては、逃げるわけにはまいらぬ。さりとて、それがしも年齢《とし》がいき、いつしか、太刀筋もにぶくなってしまい申した。はたして、俊敏をきわめる新之丞にそれがしの剣が通用いたすか、どうか」

しばらくお待ちを、と、断わって、河内山宗俊は書院の席を立った。切餅十個は積みあげられたままである。

のっそり居間にあらわれた河内山宗俊は金子市之丞の隣りにあぐらをかき、打診するような笑みを目許ににじませた。

「金子市、おまえさんの神道流は、江戸で評判の美貌の魔剣士に通用するかね」

「さてね」

金子市は首をいくらか傾けると、あごに掌をあてがった。

「だが、おれは栗本新之丞のような魔物憑きと真剣を交《まじ》える真似はしねえよ。まだまだ、命が惜しいからな」

「稲妻の竜と二人がかりじゃどうだい」

「それでも、おぼつかないな」

金子市之丞の薄い唇のはしに冷えた笑みがただよった。

「それに、稲妻の竜が首を縦に振るものか。稲妻の竜は、剣術使いとして矜《ほこ》りを持っている。立ち合うなら、一人で栗本新之丞に挑むだろうさ。勝てるかどうかは、わからんがね」

「それじゃ、残念だが、二百五十両もの山吹色のお宝はご遠慮申し上げるか。とはいえ、この河内山が色若衆まがいの田舎剣術使いに尻尾《しっぽ》を巻くのは癪《しゃく》だがな」

「待ちな、河内山。二百五十両と聞けば、話は別だ」

金子市がにやりと笑って河内山の紬《つむぎ》の袖をとらえた。

「しばらく、栗本新之丞の様子をみさせてくれ。殺《や》るとなったら、金子市之丞の神道流、電撃の冴えをみせるぜ」

「わかった、金子市」

河内山は脂《あぶら》濃い笑みを図太い貌《かお》ににじませると、銀延べの煙管《きせる》に莨《たばこ》を詰めた。

「それでは、剣術使いの奈良林が持参した二百五十両は、この河内山がしばらくあずかっておこうじゃねえか。栗本新之丞が駿河台・木挽町の道場にあらわれたなら、なんのかんのととりつくろって、ひきとらせばいいだけのはなしよ。そのくらいの知恵は、河内山が奈良林につけてやるぜ」

河内山が喉の奥でにぶい笑い声をたてた。

「わがはいも、御側衆の酒井右京の件もあって、なにかと忙しくてな」

「河内山の親父、酒井右京の辻斬りの件は、山吹色の小判になりそうかい」

片岡直次郎が酒瓶子の酒を盃につぎながら河内山宗俊に顔を向けた。

「稲妻の竜があれだけいれこんでるんだ。決着《けり》をつけなけりゃなるまいぜ。そうでなければ、河内山宗俊の名がすたるというものよ」

河内山が不敵な笑みを頬に刻みつけた。

「五千七百石の旗本大身で、前途洋々の御側衆だかなんだか知らねえが、おのれの興趣《きょうしゅ》のために、夜陰にまぎれて辻斬りにおよぶとは許しがたいにもほどがある。酒井右京太夫経明《つねあき》の野郎は、庶民など立って歩く犬ぐらいにしか思っていねえのさ」

「その酒井右京は、中野碩翁とたいそう親しいらしいじゃないか。中野碩翁は将軍家斉に水野美濃守《みののかみ》にかわる次の側用人には酒井右京太夫をと熱心に推挙《すいきょ》しているというぜ」

「うむ」

河内山がにんまりとあごをなでた。

「それというのも、中野碩翁は酒井右京の娘を側室にしているからなのさ。お澄美の方と申して、いま、二十二歳の熟《う》れきった女盛りで、中野碩翁はぞっこんだそうだ」

「ちえっ!! なんとも薄汚ねえ世の中だぜ」

片岡直次郎は顔をしかめると、はげしく舌を打ち鳴らした。

「てめえの出世のためには、娘だろうが、なんだろうが、権力者に人身御供《ひとみごくう》に差し出しやがる。酒井右京って野郎も、いい死にかたはしねえだろうぜ」

片岡直次郎は吉原は大口屋の看板花魁、三千歳のいろだが、いろにはいろの務《つと》めというものがあり、けっして、三千歳を疎略にあつかわない。

そうした片岡直次郎には酒井右京のような人間がきたならしくみえてしかたがないのだろう。

「稲妻の竜は、酒井右京の辻斬りの件を金にするつもりだ。もちろん、酒井右京はぶった斬るだろうがね」

金子市之丞が刻みのあるするどい貌に妖しい笑みをにじませた。影月竜四郎という浪人の人間性をそれなりにわきまえているのだろう。

「酒井右京は、わがはいが腕によりをかけて料理してやるぜ。御数寄屋坊主の河内山は、ただの御数寄屋坊主じゃないってことよ」

河内山宗俊がふてぶてしい笑みを浮かべた。

「稲妻の竜には、おいらも頼まれていることがあってね」

暗闇の丑松がにやりと笑った。

「それも、ようやくけりがついたぜ。江戸の暗黒街ってのも、けっこう複雑にできていやがるからな」

「稲妻の竜が上野広小路で助けた商家の内儀だが、なかなかの美形だそうだな」

金子市之丞が薄い笑いを口のはしににじませた。

「そうでさ」

暗闇の丑松が意味ありげに目くばせした。

「それで、稲妻の竜の旦那、商家の内儀の一件に首を突っ込んじまったのよ。ぞんがい、惚れちまったのかもしれねえな」

「女に惚れっぽいのが、稲妻の竜のいいところさ。金子市のようじゃ、妖怪みたいで付き合いきれやしねえぜ」

片岡直次郎がにやつきながら鼻の脇を人差指でさすりあげた。

「商家の内儀の件は、稲妻の竜が好きでやっていることだ。われわれが口だししてはならん」

河内山宗俊は手酌で盃に酒を満たすと、さも旨そうにぐびりぐびりと喉にながしこんだ。

「稲妻の竜は河内山党ではない。あくまで、河内山党の客人だ。丑松も、そのことをわきまえろ」

2

深川の富岡八幡宮の境内の織るような人波がぐんと減った。

初夏の晴れわたった天気で、しかも、縁日だったから、富岡八幡宮にはふだんの三倍も参詣客があったのである。

寛永寺の打ち鳴らす暮六つの鐘がひびいてくる。

境内に出ていた掛茶屋《かけぢゃや》、宮芝居、見世物小屋、矢場《やば》などが店をたたみはじめた。

「竜さま、この近くに、平虎《ひらとら》という料理茶屋があるんですって」

萩尾が細身の躰をよじるようにして、竜四郎に顔を向けた。美しい顔に茶目な笑みが浮かんでいる。竜四郎は富岡八幡宮に参詣にくる萩尾の身辺警護を頼まれたのである。警護料は破格の一両であった。

萩尾は初夏らしい生絹《すずし》の小袖に紫の博多帯を締め、駒下駄をはいている。供は、丁稚《でっち》も小女《こおんな》もいない。はなから、竜四郎と二人で富岡八幡宮へ詣《もう》でる魂胆だったのだ。そういえば、萩尾の憂《うれ》いのあるほそおもての顔が十六、七の娘のようにはなやいでみえる。

「平虎だと？」

竜四郎は唖然とした。江戸の町民で知らぬ者がないほどの超高級料理茶屋である。当然ながら、値も目ん玉がとびでるほどに高い。

平虎を使うのは幕府の高級官僚、札差、江戸財界の巨頭、諸藩の江戸家老や江戸留守居《るすい》役といったいくらでも金を使える連中である。

もとより、竜四郎のような素寒貧《すかんぴん》の痩せ浪人が敷居をまたげるような料理茶屋ではない。

「ねえ、はなしのたねに平虎に参りましょう」

萩尾が竜四郎の手を引っ張るようにしていった。

「じつは、友蔵にお部屋を予約させておいたのです。いかなければ、席料が無駄になってしまいます」

「そうであれば、いたしかたあるまい」

竜四郎はしぶしぶながら同意した。内心、平虎へは入ってみたかった。だが、月代《さかやき》がのびかけた素浪人の身装《みなり》では、いかにも敷居が高い。

平虎は富岡八幡宮からほどなくだった。黒板塀をめぐらした大層な造りで、平門の脇に『平虎』と書かれた大きな提灯《ちょうちん》がかかっている。

萩尾は赤御影石《あかみかげいし》を敷きつめた玄関に入った。物腰に、臆《おく》するところは毫《ごう》もない。さすがは日本橋の三浦屋の家付き娘である。態度が堂々としている。

「予約した三浦屋です」

萩尾は仲居につげた。

案内されたのは、奥まった十五畳の座敷であった。朱塗《しゅぬ》りの大ぶりの卓が中央に置かれ、床の間にはみごとな花が活《かか》っている。

次の間には、夜具が敷きのべてある様子であった。このところ、萩尾はとみに大胆になっている。それも、竜四郎のせいだろうか。

待ちかまえていたかのように酒肴がはこばれてきた。

この季節らしく、鰹《かつお》の銀造りと車海老、鮑《あわび》の刺身が舟盛りで卓上にのった。

鮎の塩焼き、平目《ひらめ》の生海苔《なまのり》ぞえ、山鳥のあぶり焼き、伊勢海老の蒸しもの、白魚の掻き揚げ、ふきの辛《から》煮、うどの塩揉み、そら豆の塩茹《しおゆ》でなど、卓にのりきらんばかりであり、どれも、じつに旨そうであった。

「今宵は、わたしも酔いますわ」

萩尾は胸を反らすようにして宣言すると、盃をかざした。竜四郎が酒瓶子をとりあげて、酌をしてやる。

萩尾がぐっと干す。どうやら、酒がつよいようである。三杯、重ねて飲み、ふうと息をついて、はにかむようにほほえんだ。

「竜四郎さま、お酒というものはおいしいですね。いまごろになって、ようやくわかりました わ」

「それはよかった」

竜四郎が屈託なく笑った。

「萩尾どの、酒が旨いことがわかっただけでも収穫ではないか」

「食べましょう。お腹がはちきれるほどに」

萩尾が箸をとりあげた。妙に明るい。なにかがふっきれたかもしれない。

（抱いてやる潮《しお》かもしれぬ）

竜四郎は複雑なおももちで、あごに拳《こぶし》をあてがった。

「竜さまの隣りに参ります」

萩尾は腰をあげ、竜四郎に寄り添った。目許《めもと》が桜色に染まり、深い睫毛にかこまれた切れ長の瞳がうるんでいる。

「酔ってしまったわ」

萩尾は、わざとらしく竜四郎の肩にしなだれかかった。

「胸が苦しいわ。帯をゆるめてくださりませ」

「そうか」

竜四郎は萩尾の紫の博多帯をゆるめた。わずかに、小袖のえりもとがはだけた。

「わたし、竜四郎さまが好きです。惚れてしまいました」

萩尾の声は意外にはっきりしていた。

「それは嬉しいが、拙者はごろつきまがいの痩せ浪人だ」

「ごろつきではございません」

萩尾がつよい調子でかぶりを振った。銀杏返《いちょうがえ》しに結った髷がわずかに崩れ、どこか艶《つや》めいている。

「影月竜四郎さまは、いまは不遇《ふぐう》でございますが、立派なお侍です」

「そういわれると、拙者でも照れる」

竜四郎は月代に手をやった。長く浪人暮らしをつづけていると、脛《すね》にいくつもの疵《きず》ができるものだ。疵のない浪人など、いたためしがない。すなわち、浪人というものは、叩けば少なからず埃《ほこり》のでる軀《からだ》なのである。

「竜さま……」

絶《た》え入りそうな声でいうと、萩尾は竜四郎の手をとって胸にいざなった。豊かな乳房の膨らみがはげしく息づいている。

竜四郎は小袖のえりもとに手を差し入れた。萩尾の乳房が指に触《ふ》れた。

「あっ、あっ、ああ……」

それだけで、萩尾は甘いうめきを洩らし、ほっそりした白い喉をあえがせた。

竜四郎は萩尾の乳房をつかんで、はげしく揉みしだいた。たちまち、花の蕾《つぼみ》のような可《か》憐《れん》な乳首が固くしこっていく。

「感じます。とっても、気持いい……」

萩尾は眉を寄せて瞳を閉じて陶然《とうぜん》とつぶやいた。

竜四郎は萩尾と唇を重ねた。右手は張りのある充実した乳房を静かに押し上げるようにして揉んでいる。萩尾の口の中で竜四郎の舌がねっとりと這いまわり、萩尾の舌にからみつく。

萩尾の息がはげしく乱れる。竜四郎の唇が唇をはなれ、透明な光沢を帯びた白いうなじを這い、耳朶《じだ》のふちをなぞり、耳に熱い吐息を吹き込んだ。

竜四郎の指が乳房を揉むたびに、躰《からだ》の芯《しん》に注《つ》ぎ込まれる甘美な感覚がいっそう煽《あお》られ、萩尾は無意識に躰をうねらせた。

「竜さま、次の間へ……夜具が……ととのえてございます」

萩尾はとろけるような細い声を喉の奥にひびかせて、かたちのよい肢体をこまかくわななかせた。

3

萩尾は裸形で夜具の上に仰向《あおむ》けに寝ている。

部屋の隅の丸い絹行灯の霞《かすみ》がかったようなしっとりした明かりが、萩尾の裸身を妖艶《ようえん》に映《うつ》しだす。

萩尾の乳首と乳暈《にゅううん》は、子を産まなかったせいか、色が淡い。桜色と朱色をまぜあわせたような明るい色調である。乳暈のはしから、渦巻き状に舌を這わせては、その舌で乳首を捉《とら》えて、優しく咬《か》んだ。

「ああ、それ、感じる、気持いい」

萩尾は商家の内儀らしく、あけすけに快美を訴えた。

竜四郎は乳首を唇で攻め立てながら、萩尾の下腹部のしげみを払うようにして、撫《な》でた。しげみは淡く、墨色だった。

指が一瞬しげみの下の女の部分に、触れると、萩尾の腰のくびれがびくんと慄《ふる》えた。からだのなかを鮮烈な感覚が奔《はし》ったのだろう。

人妻だとはいえ、萩尾はさほどに良人と閨房《けいぼう》を伴にしていない。ここ数年は、良人を遠ざけ、ひとりで寝ている。それだけに、からだが竜四郎の愛撫に敏感に反応し、女の部分などは、すでに恥《は》ずかしいばかりにぐしょぐしょに濡れそぼっている。

竜四郎は唇を萩尾の脇腹に這いおろしていった。片手で乳房を揉みしだき、一方の手を秘処に押しかぶせたまま、そこを柔らかく押すようにして愛撫した。

萩尾の唇から甘いうめきが洩れつづける。ほっそりした顔は、眉の内側にかすかな縦皺《たてじわ》が寄り、閉じられた瞼《まぶた》が小刻《こきざ》みに慄《ふる》え、泣いているかのような表情であった。

頃合いをみて、竜四郎は萩尾の膝の間に軀を割り込ませ、腹這いになった。

墨色のしげみに唇をつけた。熟《う》れた女の熱気と濃厚な匂いが、しげみの底から立ちのぼるようにして、竜四郎の鼻孔にただよってくる。

その匂いが、竜四郎の気持をあおりたてた。竜四郎は萩尾の白い内腿に唇と舌を這わせた。舌と唇が女の部分に近づくにつれて、萩尾は甘美な声を洩らしつづけながら、膝を立てた。

竜四郎の眼の前に、萩尾の秘処があらわな形でさらけだされた。

秘処は薄紅色をしていて、とても綺麗だった。割れ目からしたたる蜜が透明に光り、いかにも煽情的であった。

「竜さま、じらさないで、わたし、へんになりそう」

萩尾が狂おしげに腰をゆすりあげた。美貌は淫魔にとり憑《つ》かれたかのように異常だった。悩乱しているのだろう。

竜四郎は露《つゆ》をたたえた萩尾の女の部分に唇をおしつけた。やわらかい花びらのような肉襞が、すぐさま、舌にまとわりついてきた。

竜四郎はその淡紅色の肉襞を唇で柔らかく吸った。吸われると花びらは唇の間で小さく躍《おど》り、やわらかく伸びた。

萩尾はほそいしなやかな首を左右に振りながら、瞳を閉じ、嗚咽《おえつ》を洩《も》らしつづけている。これまで味わったことのない濃厚な快感が、からだのなかでうねっているにちがいない。

竜四郎の舌が鮮紅色の小さな陰核に触れたとたん、萩尾の唇から驚愕《きょうがく》したかのような繊細な悲鳴がほとばしった。快感があまりにも鮮烈すぎたのかもしれない。

萩尾の腰がせりあがるようにして浮いてくる。白いふくよかな腹がはげしく波立った。

潮時とみて、竜四郎は萩尾の両脚をかかえあげ、うるみにまみれた女の部分に怒張して猛りたつ一物を埋め込んだ。

「ああ……いい……」

萩尾の唇からとろけるような悲鳴が尾を曳《ひ》いてほとばしった。一物はたくましく押し進み、ほどなく、しっかりと深奥に達した。

萩尾の甘美なうめきが、断続的な叫びにかわった。快感が渦を巻いて泡立《あわだ》ちはじめたのだ。

竜四郎は両手で萩尾の乳房を握ると、剣術で鍛え抜いたたくましい腰をはげしく上下させた。

萩尾はのけぞって、絹枕のうしろにこうべを垂《た》れた。無意識に首を振る。汗に濡れたほつれ毛が揺れなびく。

「くる、くる、くるわ!!」

萩尾は狂ったように叫ぶと、両手で宙をつかんだ。

躰の芯で渦巻いていた快感の潮《うしお》が、突如、爆発するように砕け散った。

絶頂に達したのだろう。熱湯が、滝のように噴出して流れ出た。

わずかに遅れて、竜四郎が破裂し、したたかに放出した。

竜四郎の脈打つものを胎内に感じたとき、萩尾はなんともいえない倖せな気分になり、瞼《まぶた》からはらはらと涙がこぼれた。

幾許《いくばく》かすぎた。

萩尾の躰の芯にはまだ甘美な絶頂感がのこっている。萩尾は全身を硬直させたまま、倖せをかみしめていた。

「竜さま」

萩尾は竜四郎の肩にそっと頬をおしつけた。筋肉の盛りあがった硬い肩であった。

4

影月竜四郎は辻駕籠で萩尾を日本橋・伊勢町の三浦屋まで送らせると、『平虎』の門を出て、夜道を富岡八幡宮の方向に歩いていった。

なぜか、軀が軽い。

萩尾を歓《よろこ》ばせすぎたかもしれない。

竜四郎はにがそうに笑うと、不精ひげがまばらにはえた頰を掌でさすりあげた。

「稲妻の竜の旦那」

富岡八幡宮の鳥居の脇から声がかかり、人影が敏捷に走り出てきた。

「丑松か」

竜四郎の双眸にするどい色がこもった。

「わかったのか」

竜四郎が低い声できいた。

「ずいぶんと苦労したぜ。二両じゃ安すぎるぐらいだ」

暗闇の丑松が不服そうに頰をへこました。萩尾の殺害を依頼された江戸暗黒街の元締である。

雨が降りだした。霧のような小糠雨《こぬかあめ》である。あたりは、墨を流したような闇であった。

「どこか、近くのそば屋にでも入るか」

竜四郎がさそった。

「そいつは、いいね」

丑松が小さく笑った。

二人は右に曲がってすぐのところにある『松竹庵』という蕎麦屋ののれんをくぐった。左手に、松平下野守《しもつけのかみ》の屋敷の白塀が長くのびている。

『松竹庵』は深川で名代《なだい》の蕎麦屋だが、時間が遅いせいもあって、客はまばらだった。

竜四郎は席料をはらって奥の六畳間にあがり、酒と芝海老の天ぷらを注文した。

「三浦屋の内儀殺しを請負《うけお》ったのは、本所の浜松屋《はままつや》源兵衛でさ。浜松屋源兵衛は本所の香《や》具師《し》を束ねる暗黒街の元締だ。さほどの勢力はないがね」

丑松はぐい呑みの酒をぐびりとふくむと、芝海老の天ぷらに箸をつけた。

「三浦屋の内儀殺しの請負料は二百両だというから、ずいぶんとふっかけたものだぜ」

丑松が意味ありげに笑った。

「七、八年前、先代の三浦屋四郎次郎が大川にはまって溺死《できし》したのも、浜松屋源兵衛の雇った殺し屋がしたことだよ。浜松屋源兵衛に怨《うら》みをもつ殺し屋の浪人が一分で荒いざらい喋ってくれたぜ。浜松屋源兵衛も、なにがあったか知らねえが、殺し屋をお払い箱にするもんじゃねえ。殺し屋にも、口ってものがあるからな」

丑松が貧相な鼻に小皺を寄せて低い笑い声をたてた。

深川・熊井町の小ぢんまりした妾宅《しょうたく》の二階で、浜松屋源兵衛は、妾のお八重のからだを舐《な》めまわしていた。浅黒くて、かすかに籾《もみ》のにおいのする肌だが、十九歳のお八重の乳房は凝脂《ぎょうし》に照りかえり、一ヵ所を押すと、全体が揺れるだけのみごとな張りを持っていた。

お八重は根津権現前の茶屋の茶汲女《ちゃくみ》だったのを、源兵衛が十五両の支度金で囲ったのである。

愛宕山、雷門とならんで、根津権現前の茶屋の茶汲女の裏にまわっての売春は、すこぶる盛んなものがある。参詣客を大いに呼び込んだ。

源兵衛はひとしきりお八重のからだを玩弄《がんろう》すると、四つん這いにさせ、両脚を大きく開かせた。

内腿の奥を凝視する源兵衛の癖のある眼には、どぎつい欲望の炎が燃えあがっていた。押し開かれたお八重の脚のあいだに頭を埋め、内腿をねっとりと舐《な》めあげた。

「ああ……旦那さま、感じる、感じまする」

お八重は敷布団をかきむしるようにして悶《もだ》えた。腰にくびれが妖しくうねり、内腿が鳥肌たっている。よほど官能に恵まれているのかもしれない。

源兵衛はお八重の尻の谷間にただれた眼をやった。お八重の太腿の裏側を横に走っている深いくびれと、尻の谷間の線が寄り合ったところに、秘処のふくらみと切れ込みがのぞいている。切れ込みは露《つゆ》をあふれさせて、うっすら光っていた。

源兵衛はお八重の秘処に唇を押しつけると、はげしくむさぼった。

お八重の悲鳴がとまらなくなった。脳裡《のうり》には黒い炎が転げまわっている。

「ああっ、ああ……」

お八重は泣き声をあげ、尻をはげしく打ち振った。尻の谷間に源兵衛の指が這ってい
る。唇が、どどめ色の陰核を吸いあげている。

やがて、源兵衛はお八重の尻を高くかかげた。男根を女の部分にあてがい、ゆっくり挿入する。お八重の秘処はしたたるばかりに濡れそぼっていた。源兵衛はお八重を根元まで深々とつらぬいた。お八重の浅黒い尻が、貪欲《どんよく》に源兵衛の男根を呑みこんで、妖しげにうごめいている。


浜松屋源兵衛が羽織《はおり》をはおってお八重の妾宅をあとにしたのは、戌《いぬ》の下刻（午後九時）をまわっていた。

夜空はどんよりと雲におおわれ、月も星もなかった。

「貸元、おつかれさまでござんした」

外で待っていた若い衆が三人、小走りに近づいてきた。浜松屋と染め抜いた法被《はっぴ》をひっ

かけている。高林五郎左衛門という用心棒の浪人もいる。

　留吉という若い衆が提灯で源兵衛の足もとを照らした。

「女もいいが、この歳になるとかなり疲れてかなわねえ」

　源兵衛がくたびれたような笑みを浮かべ、ゆったりと歩きだした。

「高林先生、あんた、神道無念流の使い手だというふれこみだったね」

　歩きながら、源兵衛は高林五郎左衛門に振り向いた。袴をはいているが、襤褸《ぼろ》のようになり、着物も煮しめたようになっている。どこから見ても尾羽打ち枯らした浪人であった。

「ふれこみではない。わが神道無念流は、すでに幾人もの血を吸っておるわ」

　高林五郎左衛門は虚勢をはるように肩をそびやかし、大刀の柄《つか》を叩いた。

「それじゃ、どうです、女をひとり、殺《や》っちゃいただけませんかね。三両、出しますぜ」

　源兵衛が狡《ずる》そうに眼を動かした。

「先日、戌本先生にお願いしたんですが、ドジを踏みやがりましてね。それで、先方からせっつかれてるんでさ」

「女というたな。なに、簡単なことだ」

　高林五郎左衛門が自信ありげに薄笑った。

「その女というのは、どこのどいつだ」

「日本橋・伊勢町の酒問屋、三浦屋四郎次郎の内儀でしてね。家付き娘を鼻にかけて、亭主をないがしろにして、あそびまわっているんでさ」

源兵衛が喉の奥で濁《にご》った笑い声をたてた。

「高林先生、段取りはあっしの身内《みうち》がつけまさ。あんたは、三浦屋の内儀を斬り殺してくれればいいんで」

そのとき、左側の闇が呼吸し、一気にふくれあがった。

「な、なんでえ」

源兵衛がぎょっとして立ち尽くした。浪人の高林五郎左衛門も、留吉ら三人の若い衆も、顔面をこわばらせた。

闇が裂け、すさまじい殺気が放射された。

人影が源兵衛の右横を流星のように奔《はし》り抜けた。刹那《せつな》、声もなく、激烈な斬撃が浜松屋源兵衛の首の付け根に送り込まれた。水鳥が飛び立つ羽音のような音が鳴った。

「ぎゃあ!!」

絶叫があがった。

源兵衛のずんぐりした軀がよろめいた。刀刃は、源兵衛の右肩を深々と断ち切っていた。わずかに遅れて、鮮血がすさまじい勢いであふれでてきた。

源兵衛が倒れ伏した。

すでに、息はない。

まさに、稲妻のような目にもとまらぬ抜刀術であった。

5

日本堤の途中に『どろ町の中宿』という茶屋がある。

このあたりの町名は田町《たちょう》である。それを『どろ町』とよぶのは、この中宿で吉原通いの嫖客《ひょうかく》が足を洗ったからだ。

僧侶も中宿に立ち寄る。女犯《にょぼん》を禁じられた坊主が吉原の大門をくぐるなど、もってのほかである。

だが、僧侶は金を持っている。色欲も人並以上だ。それゆえ、僧侶はどろ町の中宿で、衣を脱ぎ、町人の服に着替え、頭巾をかぶって医者を装《よそお》うのだ。

吉原大門の左袖に面番所があり、同心が詰めているが、医者に化けた僧侶を見とがめたりはしない。裕福な坊主は、吉原にとって大切な客なのである。

大門から若い武士がでてきた。旗本や諸藩の藩士ではなく、浪人のようであった。若衆髷《わかしゅうまげ》をみずみずしく結《ゆ》いあげ、薄緑の小袖に蘇芳《すおう》色の陣羽織《じんばおり》をまとっている。腰には朱鞘《しゅざや》の細身の大小が落とし差しであった。

栗本新之丞である。すさまじいまでに清らかな美貌がこわばり、こめかみが引《ひ》き攣《つ》ってこまかく慄《ふる》えている。やり場のない怒りが、栗本新之丞の胸に渦巻いているようであった。

「もし、貴公」

中宿の茶屋の縁台に腰をおろしていた御家人風の優男が、栗本新之丞を呼びとめ、親しげな笑みを浮かべながら歩み寄っていった。

「かれこれ、五日、袖にされておられるな。それがし、貴公を気の毒に思うておりましたぞ」

優男が同情するようにいった。

片岡直次郎である。ここでは、鶴川柳次郎《つるかわりゅうじろう》という偽名を使って、はじめて吉原をおとずれた田舎者をカモにしている。

「貴公のお相手の花魁は、たしか、瀬里奈楼の夕霧でありましたな」

片岡直次郎は栗本新之丞を茶屋に連れ込んだ。茶屋では、酒も料理もだす。

片岡直次郎は座敷にあがりこむと、茶屋の若い衆に酒と肴《さかな》をたのんだ。魔剣士と称される栗本新之丞をついからかってみたくなったのだった。ほんの出来心といっていいだろう。

栗本新之丞は顔をうつむけた。一文字にひき結んだ唇のはしがこまかくわなないている。五日も吉原に通っているというのに、瀬里奈楼の夕霧花魁と会えないのである。予約がつまっているそうなのだ。

「夕霧花魁も、すこぶる人気が高いですからな。そういうこともありましょうに」

片岡直次郎はわけ知り顔で酒盃を口にはこんだ。

「いまは、武家より町人全盛の時代で、金、金、金の世の中でござる。札差かなにか、夕霧に実力のある町人がついているのかもしれませんぞ」

「いや。そうではござらぬ」

栗本新之丞は、けわしいおももちで小さく首を振った。

「夕霧には、想い人がいるというのです」

「想い人ねえ」

片岡直次郎は掌《てのひら》をあごにあてがった。想い人を平たくいえばいいろである。かくいう直次郎も大口屋の三千歳のいいろなのだ。

「いまは、元禄時代ではないし、夕霧もあまり我儘《わがまま》を通せぬでしょう」

直次郎が思案げに首をかたむけた。

「夕霧はだれにも会わぬと申しておるそうです」

栗本新之丞が右の拳をはげしく握りしめた。涼しげな眼が悋気《りんき》に凍《こお》って吊り上がり、こめかみが蒼白にわななきはじめた。

「想い人に会い、想いを遂げるまでは……」

新之丞は、歯型のつくほど唇を嚙みしめた。

「夕霧花魁がそれほどまでに惚れぬくとはな」

直次郎が信じられないといったおももちで盃の酒を口に流し込んだ。

「で、その果報者は、どこのだれなんです？　それがしも、あやかりたいものだ」

「夕霧の想い人は、それがしとおなじく、兵法者です。瀬里奈楼の男衆に心付けを渡して聞きだしました」

「兵法者？」

直次郎は意外そうに眉を震わせた。いまどき、兵法者などが吉原の花魁に惚れられるとは、思ってもみなかったのだ。

「赤坂田町五丁目の抜刀田宮流の道場をかまえる朝比奈《あさひな》祐一郎と申す者だそうです」

新之丞の双眸が赤く燃えた。鬼火のようであった。

直次郎はえたいの知れぬ怖《お》ぞけにかられ、思わず腰がひけてしまった。

抜刀田宮流？

直次郎の眼が疑わしげに動いた。抜刀田宮流といえば、稲妻の竜の流儀ではないか。

稲妻の竜は藩が取潰されて浪人するまで、赤坂田町の朝比奈道場に通い、抜刀田宮流の麒麟児《きりんじ》と称され、江戸の剣術界で大いに期待された俊才だったらしい。

影月竜四郎ほどの腕があれば、剣術界で食っていけるのにという竜四郎を惜しむ声に耳を貸さず、裏長屋に住み、垢じみた着物を着流して、貧乏浪人暮らしをつづけているのだ。

竜四郎は、なにか公儀にふくむところがあるのかもしれない。

片岡直次郎は手酌で盃に酒をついだ。栗本新之丞と向かい合っていると、あまりに清らかな美貌のためか、どうにも腰がおちつかなくなるのだ。

「それで、朝比奈祐一郎とやらは、瀬里奈楼の夕霧花魁のところに居つづけているのかね」

直次郎がきいた。

「いや」

新之丞が小さく首を振った。

「夕霧花魁は身を清めるために、朝比奈祐一郎が登楼する二十日前から客断《きゃくだ》ちするそうなのです。朝比奈祐一郎と一夜を共にしたあとも、二十日間は客をあげません」

「そいつは、なんとも男冥利《おとこみょうり》につきますな」

片岡直次郎はにが笑いを浮かべながら、首筋に手をあてがった。いろはいろでも、直次郎とは桁《けた》のちがう惚れられようである。

「おのれ、朝比奈祐一郎!!」

栗本新之丞の冴えざえとするどい眼が、はったと宙を睨みつけた。息をのむ美貌だけに嫉妬《しっと》をむきだしにした貌は、身の毛のよだつほどのすさまじさであった。

6

「祐さま」

夕霧がしっとりした声でよびかけると、朝比奈祐一郎の肩口へ甘えるようにしなだれかかった。薄むらさきの長襦袢《ながじゅばん》のえりもとがしどけなくはだけ、磨きあげられた象牙のようなきめこまかな乳房の膨らみがそそるようにのぞいている。

朝比奈祐一郎の右手が夕霧のはだけたえりもとにのび、下から掬《すく》いあげるようにして掌に乳房を握りこんだ。

夕霧が惚れこむだけあって、朝比奈祐一郎は刻みのするどい精悍《せいかん》な顔立ちであった。濃い眉が左右に流れ、二重瞼の眼は剣客らしく男くさかった。鼻すじが高くまっすぐに通り、やや厚手の唇が一文字なりにひきしまっている。あごのひげの剃《そ》り痕《あと》が青々としていた。

背丈は五尺八寸ぐらいか。鍛えあげられた筋肉質の軀が油光りしている。

祐一郎は乳房を揉みしだきながら、夕霧の唇をうばった。舌が躍り、からみ、ねっとりと這う。その接吻で、夕霧は頭の芯がジーンと痺《しび》れてしまった。祐一郎との口づけは、かぎりなく甘美であった。惚れぬいているからであろう。

夕霧はかすかに喉をあえがしながら、祐一郎の股間に手をのばした。祐一郎の一物はたくましくなっている。が、依然として、息も乱れていない。冷静なのがこの剣士の特徴といえるだろう。

やがて、夕霧は一糸まとわぬ裸形で夜具の上に横たわった。乳房と腰骨の張ったかがやくばかりの裸身であった。

祐一郎は唇と手で夕霧の乳房を攻めはじめた。燃えているというのか、ひどく情熱的だった。やはり、夕霧が好きでたまらないからだろう。

祐一郎が夕霧の右の乳首を唇にふくみ、舌でころがしている。固くしこった乳首からえもいわれぬ甘美な快感が肌の深部へ断続的に注ぎ込まれ、官能の波紋をひろげるのだった。乳房に加えられる愛撫だけで、夕霧は血が沸騰し、じっとしていられなくなってしまう。

祐一郎の顔が夕霧の下腹部に這いおりていく。右手は乳房を柔らかく揉みしだいている。淡いもやっとしたくさむらに、祐一郎の息がかかった。

「ああ……」

快美を訴えるうめきが、夕霧の唇から洩れた。

祐一郎の指が女の部分に触れた。亀裂に滑《すべ》り込む。それを待っていたかのように、夕霧の女の部分から熱い蜜があふれだした。

夕霧の声がとまらなくなった。看板花魁にあるまじきはばかりのない声であった。

祐一郎が夕霧の秘処の深みにゆっくりと指を埋め込んでゆく。うるみにまみれた珊瑚《さんご》色の襞が祐一郎の指を呑みこんだ。

祐一郎は濡れそぼった女の部分に埋め込んだ指を出し入れしながら、顔を秘処の上部に寄せ、鮮紅色の光沢をたたえた可憐な肉の芽を包み込むようにして唇にふくんだ。

のけぞった夕霧の唇から繊細な悲鳴が色を曳《ひ》いてほとばしった。鮮烈な快感が肉の芽に湧き、悩乱してしまったのだ。

「あっ、あっああ……」

「祐さま、好きでありんす」

夕霧は無意識に叫んでいた。腰と太腿に、想像もおよばないような力がこもる。知らず知らずのうちに、躰がおりまがっていく。処女喪失のときのようだ。

夕霧は呼吸が困難になり、脳が痛むような苦しさをおぼえていた。これほど異常な昂奮は、あまり体験がなかった。祐一郎と半年振りに接したからだろうか。夕霧の肉体はすでにじっとりと濡れそぼり、早く早くと祐一郎を待ち焦がれているのである。

夕霧のその願いがわかったのか、祐一郎は夕霧の両腿をかかえあげて反《そ》りかえらせた。したたるばかりに蜜をはらんだ夕霧の女の部分があからさまにさらけだされた。

祐一郎の硬く怒張したものが女の部分に触れると、夕霧のからだの芯が熱くなり、腰のくびれに波紋《はもん》のような痙攣《けいれん》が何度も走った。

祐一郎は、力をこめておのれの分身を夕霧の女の部分に埋め込んだ。うるおいすぎているほどのその部分は、祐一郎を積極的に迎え入れ、深々と誘い込んだ。膣の粘膜の祐一郎を包含する感覚がすさまじく強烈であった。

祐一郎は夕霧の両の乳房を掌に包み込むと、腰をたくましく律動させた。

「あっ、ああ……ああ……」

夕霧のうめきやあえぎや悲鳴がとまらなくなった。これほどまでの結合度の強さを味わったことがない。祐一郎自身が、膣の粘膜いっぱいに満たされているのだった。子宮の深みからとろけるばかりに甘美な快感がにじみ出てくる。これが恍惚感というものなのだろう。えもいわれぬ甘美感がからだの芯からとめどなく噴出してくるのである。

夕霧は狂乱の声をはなってのけぞり、全身を硬直させた。最初の絶頂感覚がおとずれたのだ。

こわばったままの夕霧の躰は、痙攣のようなわななきが走り、それが次第に高まっていって、夕霧は金切声をあげて果てた。

だが、膣の粘膜が包含している祐一郎の分身は依然としてたくましい。あたかも、疲れを知らぬかのようであった。その分身に、夕霧の脈打つような歓喜の徴《しるし》が、刻みこむような感じでつたわってきた。

7

暮《く》六《れ》つをわずかに過ぎた頃だろうか。

夕風が誘うように吹いていた。

朝比奈祐一郎は日本堤を左に歩をすすめていく。昼間のうちに遊んで夕刻には帰るのが、吉原の上客とされているのだ。ちなみに、居つづける奴は、下の下だそうである。

朝比奈祐一郎は浄閑寺《じょうかんじ》の門前をすぎて、千住道《せんじゅみち》に向かっていく。夕霧を抱いたのは久し振りだった。半年ほど、諸国をめぐり歩き、江戸を留守にしていたのだ。この時代でも、武者修行の兵法者はそれなりにいたのである。

不意に、朝比奈祐一郎は眉をひそめた。右手の雑木林のなかから異様な殺気がほとばしり出てきたのだ。

朝比奈祐一郎は歩を止め、腰の利刀の鯉口を切った。眼のくばりはするどく、たしかであった。

「何者だ」

祐一郎が声を発した。凛《りん》としたひびきのある声だった。

雑木林のなかから、小柄な人影がにじみ出てきた。

若衆髷に蘇芳色の陣羽織は栗本新之丞のものだ。

「それがし、栗本新之丞と申す。貴公にいささか私怨がござれば、真剣手合いを所望いたす」

透明感のあるかん高い声だ。齢《とし》は二十五歳だが、精神的に大人になりきっていないのかもしれぬ。

「私怨と申されても、拙者には心当たりがないが」

祐一郎は栗本新之丞に眼を向けた。五尺そこそこの小柄な軀から放射される殺気は、尋常なものではなかった。

(こやつ、本気だ。しかも、並の腕ではない)

祐一郎の双眸《そうぼう》が凍《こお》ったような光をはなった。おそらく、この若者は江戸市中をさわがせている美貌の魔剣士であろう。若衆髷と蘇芳色の陣羽織がそのことを物語っているではないか。

祐一郎と栗本新之丞は睨み合ったまま微動もしない。おたがいの呼吸をはかっているのであろう。

どれほど、時間が流れただろうか。

夕闇が刻一刻と濃くなってゆく。

「きええい!!」

栗本新之丞は怪鳥《けちよう》の啼《な》き声《ごえ》のような叫びを発するや、地を蹴り、若衆髷を振りたてて猛然と祐一郎に肉薄した。

「斬《とう》!!」

裂帛《れつぱく》の気合とともに、朝比奈祐一郎の腰の利刀が閃電《せんでん》した。抜刀田宮流の刃先が、新之丞の蘇芳色の陣羽織の右裾をするどく切り裂いた。

利那、新之丞の子供のような華奢《きやしや》な軀が発条《ばね》仕掛けの人形のように跳《は》ね上がった。

これには、さすがの祐一郎も予期しなかった。

「きええい!!」

飛び降りざま、栗本新之丞の二尺の太刀が電光のように振り降ろされた。

「うっ!!」

祐一郎がよろめいた。そのまま、倒れ伏した。

栗本新之丞の太刀は祐一郎の額を深々と断ち切ったのだった。

懐紙で太刀を拭って朱鞘に収める新之丞の冴えざえとした美貌に、なんとも薄気味のわるい病的な笑みがにじんでいた。

8

靄《もや》が微風にゆったりとながれている。

影月竜四郎は赤坂田町五丁目の抜刀田宮流・朝比奈道場へ軀をはこんだ。かれこれ、十数年になるだろう。

「竜四郎どの」

喪服姿の弥生《やよい》が涙に濡《ぬ》れた瞳を竜四郎に向けた。祐一郎の末の妹で、たしか今年十七歳のはずであった。

竜四郎は祐一郎の霊前に深々とこうべを垂《た》れた。膝においた両手がはげしくわなないている。

祐一郎とは同年で、気も合い、しばしば悪所通いをした仲だった。剣友といっていいだろう。

竜四郎は、信州高遠《たかとお》藩三万三千石・内藤大和守《ないとうやまとのかみ》に仕《つか》えていた。とはいえ、信州には軀をはこんだことがない。

竜四郎は江戸生まれの江戸育ちの定府《じょうふ》（江戸詰め藩士）で、勘定方に勤務していた。一人息子だが、両親は竜四郎が十七歳のとき、相次《あいつ》いで病死した。いわば、竜四郎は天涯孤《てんがいこ》独《どく》の身なのだった。

高遠藩が公儀の卑劣きわまりない策謀によって取潰されたとき、祐一郎の父で師の朝比奈夢道《むどう》は、師範代として道場に残るようにと竜四郎をひきとめた。

朝比奈夢道は、ゆくゆくは末娘の弥生と竜四郎を結婚させる腹づもりであったらしい。

竜四郎は師の申し出を断わった。以来、赤坂田町の朝比奈道場に近寄らなくなった。別段、他意はない。祐一郎の立場をおもんぱかってのことであった。

「竜四郎さん」

祐一郎の弟の健次郎がこめかみを慄《ふる》わせながら奥歯をきしませた。

「兄は、辻斬りに斬られるような人間ではありません。かならず、下手人を捜しだし、兄の怨《うら》みを晴らします」

竜四郎は無言で会釈し、祐一郎の霊前を去った。

道場の門脇の板壁に、片岡直次郎がよりかかっていた。

「竜さん、ちょいと蕎麦《そば》でもすすっていこうや」

片岡直次郎があごをしゃくった。

「まだ、精進《しょうじん》落としもすませちゃいねえんだろう」

直次郎は竜四郎を赤坂・小倉町の金竜庵《きんりゅうあん》という蕎麦屋に連れ込んだ。旗本連中が通う名代《なだい》のそば屋で、車海老の天ぷらが売り物であった。

直次郎は奥まった六畳間にあがると、酒と鰹の刺身、それに、車海老の天ぷらを注文した。

「まずは一献、ぐっと飲《や》ってくれ」

直次郎は二合徳利をとりあげると、竜四郎のかざすぐい呑みに酒をとくとくと満たした。

「朝比奈祐一郎を殺ったのは、まちがいなく美貌の魔剣士、栗本新之丞だ」

直次郎はするどい眼差しで、声をひそめた。

「おれは、からかい半分で新之丞を呼びとめ、どろ町中宿の茶屋に誘い込んだのよ」

「ふむ」

竜四郎の眉が曇《くも》った。表情はかたい。

「竜さん、朝比奈祐一郎が瀬里奈楼の夕霧花魁の想い人だったことを知ってるかい」

「いや」

竜四郎は小さく首を振ると、ぐい呑みの酒をぐびりと飲んだ。

「夕霧は朝比奈祐一郎に首ったけだったらしい。なにしろ、祐一郎の登楼する二十日前から客断ちするっていうからな。その惚れこみようは半端《はんぱ》じゃねえやな」

「祐さんは、若い頃から水商売の女や吉原の花魁にもてたのさ。けっこう男くさくて、顔立がにがみ走っているからじゃないかな」

竜四郎が鰹の刺身に箸をつけた。鰹も、そろそろ終《し》まいにちかづいてきたようだ。

「栗本新之丞は夕霧花魁に通いつめていたんだ。狂っちまったというか、はじめての女みたいなものだったのさ。朝比奈祐一郎にとっては、運の悪いはなしだ」

直次郎がやりきれないというように、ふっと吐息をついた。

「それにしても、新之丞の野郎は怖ろしいぜ。じっと見つめられると、それだけで、わきの下に冷や汗がにじんできやがる」

「直さん、すさまじい美貌ってのはな、それは怖いものなのさ」

竜四郎がおどすように眼差しを直次郎に向けた。

「しかも、栗本新之丞には魔がとり憑いていやがる。剣魔って魔だ」

竜四郎の眉間に縦皺が刻みつけられた。冗談をいっているのではなさそうだった。あるいは、竜四郎にもおぼえがあるのかもしれない。

「栗本新之丞は木刀だろうが、真剣だろうが、相手を撃ち倒すと、血の沸騰するような快感をおぼえるのさ。それは、待乳山下で、辻斬りを何度もしでかしている将軍家御側衆の酒井右京太夫にしてもおなじだ。おのれの刃が人の血を吸うたびにからだのなかを駆け抜ける快感は、格別なものらしい」

竜四郎がぐい呑みをぐっとあおった。

「とにかく、酒井右京もそうだが、栗本新之丞は異常者だ。殺人鬼といってもいいかもしれぬ」

「竜さん」

直次郎が真剣なおももちで身をのりだした。

「おまえさん、栗本新之丞と立ち合って、勝つ自信があるかね」

「ないな」

竜四郎が薄く笑った。

「必死に闘って、相討ちが精いっぱいだろうさ。勝つなど、とんでもないはなしだ」

「稲妻の竜と名を馳《は》せた凄腕《すごうで》の浪人が、尻尾を巻いて逃げちまうっていうのかい」

直次郎がこめかみに険をつくった。

「朝比奈祐一郎は竜さんの親友だろう。友の仇《かたき》を討たないのか」

「そういわれても、困るのさ」

竜四郎は車海老の天ぷらをアタマからむしゃむしゃと食った。

「腕の差が歴然としているのでね。なんなら、金子市にきいてみるかい。すぐさま、答えをだすだろうさ」

夜明け。

紫の暁闇《ぎょうあん》が幾重にも綾を織っている。

あちこちで、鶏の鳴き声がひびきわたる。

人気のない道を影月竜四郎が縞物の着流しで歩いている。

速度ははやい。

精悍《せいかん》な風貌《ふうぼう》がひきしまり、どこか思いつめたような気配が全身にこもっている。

竜四郎は一乗寺《いちじょうじ》前から善光寺坂を横切り、脇道から鬱蒼《うっそう》たる上野山の森へ踏み込んでいった。

夜はすでにあけ、乳色の朝靄《あさもや》が森のなかにただよっている。雑木の森は、緑がしたたるばかりにたれこめていた。木の芽も、人を酔わすほどに匂ってくる。

ときおり、野鳥のさえずりが朝露《あさつゆ》を引き裂いてするどくひびく。

竜四郎はしばし、瞑目《めいもく》して呼吸をととのえた。

今朝がはじめてではない。

朝比奈祐一郎が斬り倒されて以来、田原町の胴切長屋から毎朝、上野山の森に軀をはこんできている。

期するところがあるのだろう。

突如、竜四郎は地を蹴り、樹々の間を小動物のように俊敏に駆け抜けていく。

「斬《とう》!!」

腰の利刀が鞘走り、淡い葉をつけた櫟《くぬぎ》の枝をめがけて断ち切った。

「遅い!!」

竜四郎はけわしいおももちで舌を打ち鳴らした。軀が思うように動かぬおのれがふがいないのだろう。十数年におよぶ浪人暮らしで、腕がずいぶんなまってしまったようである。

「祐一郎どのは、一刀を栗本新之丞にみまった。抜刀田宮流の一機閃電《いっきせんでん》を新之丞はいかにしてかわしたか」

竜四郎はするどい眼つきで、利刀を二度、三度と振りおろした。

「祐一郎どのは額を断ち割られている。予想できなかった一撃にちがいない」

竜四郎は思案げなおももちであごに拳をあてがった。

ややあって、竜四郎は真剣の素振りをくりかえしはじめた。ひと太刀ごとに気合をこめて、三百回、四百回と振りつづける。たちまち、竜四郎の軀を汗が流れはじめた。文字通り、滝のような汗であった。

素振りをしながら、竜四郎は栗本新之丞のむささびのごとき俊敏さに立ち向かうことを考えている。考えつづけている。

抜刀田宮流は、腰を沈め、居合い斬りに相手の脾腹《ひばら》を薙《な》ぐ。もとより、速度が命である。

朝比奈祐一郎の抜刀流がにぶいはずがない。おそらく、栗本新之丞の速度が祐一郎の抜刀流の速度をうわまわったのだろう。

しかも、祐一郎は額を縦一文字に割られているのだ。栗本新之丞が祐一郎の額めがけて剣を振りおろしたとしか考えられない。

竜四郎の汗のしたたる貌《かお》が困惑にゆがんだ。栗本新之丞は祐一郎の頭上高く跳ね飛んだというのか。

「新之丞は天狗の化身なるか」

竜四郎は利刀を鞘に収めると、布で貌の汗を拭《ぬぐ》った。

抜刀流、居合い斬りというものは、試合の剣ではない。

暗殺剣というか、相手の意表を衝《つ》く太刀なのである。殺気を内に秘めて相手にさりげなく近づき、電光のように脾腹を薙《な》ぎ切る。つまりは、相手の虚をつく刀法なのだ。

抜刀田宮流を編んだ田宮平兵衛重正《しげまさ》は、長束刀《ながつかとう》の唱導者《しょうどうしゃ》で、手に合い、自在に操る膂力《りょりょく》をたくわえているなら、刀は長いほど有利であるといい、長束刀の長所として『柄《え》に八寸の徳、見越しに三分の利がある』と門弟たちに教えた。

したがって、竜四郎の利刀も、普通の太刀より二尺六寸と長い。一般的な大刀は二尺二、三寸である。

竜四郎の腰に帯びている大刀は、父親の遺品で、影月家の伝家の宝刀であるらしい。無銘だが、そのむかし、戦場で、幾多の敵の血を吸ったようである。

もとより、すさまじい切れ味だ。地鉄《じがね》は凛《りん》と青白く冴《さ》え、鋩子《ぼうし》の円弧《えんこ》はゆるやかだった。

この二尺六寸の利刀の一機閃電にふみこたえた相手は、いまだかつていない。

されど……。

竜四郎は腰を改めるや、疾風《しっぷう》のように樹々の間を走り抜け、利刀を抜きはなった。目にもとまらぬ速さというか、恐るべき速度である。

「きええい!!」

左に生い繁る女竹が鋭く断ち切られた。

だが、竜四郎の表情は冴えない。おのれの居合い斬りに納得できないのである。

「このていどの速さでは、栗本新之丞の躍動を阻止《そし》できぬ。抜刀田宮流は、腰を沈めるゆえ、結果として、新之丞の跳躍《ちょうやく》をゆるしてしまうのだ」

竜四郎はけわしいおももちで吐息まじりにつぶやくと、利刀をパタリと鞘に収めた。軀は汗みどろであった。

竜四郎はそのあたりの小ぶりの岩に腰をおろして、上半身を脱ぎ、布で汗を拭った。爽《そう》快《かい》な疲労であった。

東天が紅《くれない》に染まっている。朝靄が薄らぎはじめた。上野の森の新緑がみずみずしく匂う。

竜四郎の表情は依然としてけわしい。新之丞の人間とは思えぬ敏捷さと戦慄すべきするどさをもつ太刀筋を破る手段がみつからないのだろう。

第五章　剣風乱舞

1

側用人水野美濃守忠篤《ただあつ》は、江戸城の中庭廊下をすぎて、御数寄屋坊主詰所の前をとおり、半月に雁《がん》を描いた杉戸の前まできた。

「ふむ」

水野美濃守はわずかに眉をひそめた。前に、御数寄屋坊主が影のようにうずくまっていたのである。ただの御数寄屋坊主ではない。

河内山宗俊であった。この茶坊主は江戸城きっての事情通であり、地獄耳であり、卑職とはいえけっしてあなどれない男なのだ。

「美濃守さま、次の御側用人は酒井右京太夫さまでお決まりとか」

「なんと!!」

水野美濃守は顔色を変え、こちらへこい、と、河内山宗俊にしゃくれぎみのあごをしゃくった。

河内山宗俊は身を起こすと、殊勝《しゆしよう》なおももちでうなずき、背を丸めて御側衆詰所《おそばしゆうつめしよ》に大柄な軀をはこんだ。

御側衆詰所には、松平中務少輔《なかつかさしようゆう》と五島伊賀守が談笑しているほか、だれもいなかった。

水野美濃守が入っていくと、二人は話をやめ、小さく会釈した。水野美濃守には、あまり面白くない会釈だった。

水野美濃守は側用人執務室に入った。河内山宗俊が従っている。

幕閣は、老中筆頭水野出羽守忠成《ただあきら》、若年寄林肥後守《ひごのかみ》、御小納戸頭取《おこなんどとうどり》美濃部《みのべ》筑前守、それに、側用人である水野美濃守が牛耳《ぎゆうじ》っている。

「酒井右京がこと、まことか」

水野美濃守は狷介《けんかい》な眼付きで、声をひそめた。老中か若年寄に昇るという話でもあれば別だが、酒井右京風情《ふぜい》に側用人をうばわれるなど、もってのほかであり、沽券《こけん》にかかわる。

「鳥居耀蔵さまが、そのようなことを中野碩翁さまに申されているのを、小耳にはさみまし てござりまする」

河内山宗俊は顔を伏せたまま喋った。錆《さび》た凄みのある声であった。

「鳥居の妖怪か。あやつめ、中野碩翁の爺さまのふところに入り、幕閣を揺さぶるつもりらしい。そのようなことができようか」

水野美濃守の眼が怒気をはらんだ。

鳥居耀蔵は鶴のように痩せた男で、顴骨《かんこつ》が異様に突っ張り、唇が薄く、あごが尖《とが》っている。おちくぼんだ眼が陰湿で、底知れぬ不気味さをはらんでいるところから、だれかれなしに妖怪と陰口を叩かれている。

頭の切れる権謀《けんぼう》好きのこの男は、代々幕府の学問所長官である林大学頭《だいがくのかみ》述斎《じゆっさい》の次男で、旗本鳥居家の養子に迎えられたのだった。

「中野碩翁の爺さまは、鳥居耀蔵を懐《ふところがたな》刀のように思っておる。その鳥居耀蔵と酒井右京はおなじ旗本仲間で、ごく親しい……」

水野美濃守の双眸が剣呑《けんのん》な色をはらんだ。

老中筆頭として幕府の権力を握る水野出羽守は別格として、若年寄林肥後守、御小納戸頭取美濃部筑前守、側用人水野美濃守の三人は、将軍家斉の側近として寵愛《ちようあい》を受け、思うがままにふるまっているのである。

この三人にとって目の上のコブというか、ひどくけむたい存在として、家斉の実父一《ひとつ》橋《ばし》治済《はるさだ》、御台所《みだいどころ》（将軍夫人）の父島津重豪、愛妾お美代の方の養父中野碩翁がいる。

ことに、側用人の水野美濃守は中野碩翁とあまり折り合いがよろしくない。というのも、家斉の愛妾お美代の方が水野美濃守を嫌っているからである。

もとより、水野美濃守としても、お美代の方が面白かろうはずがない。

（酒井右京は、お美代の方や高輪《たかなわ》の中野碩翁になにかと南蛮渡りの珍奇な進物を贈っている。このわしを追い落として、側用人の座にすわろうとする魂胆にちがいない）

水野美濃守は眉を吊りあげると、奥歯をぎりぎりと噛みしめた。

（おのれ、酒井右京め。このままにしておくべきか）

水野美濃守は唇をゆがめながら、冷えた茶をずずっと吸いこんだ。自分の地位をおびやかしているのだ。腹立たしいどころではない。水野美濃守にとって、酒井右京太夫経明《つねあき》は政敵いがいのなにものでもなかった。

「酒井右京太夫さまは、ずっと以前より、お美代の方さまとご昵懇《じっこん》でござりまするよし」

河内山宗俊が上目遣《うわめづか》いに水野美濃守の表情をのぞきこんだ。

お美代の方は出自《しゅつじ》の曖昧《あいまい》な、ある意味で謎の女性であった。

雑司《ぞうし》ヶ谷感応寺《やかんおうじ》の住職日当《にっとう》の儲《もう》けた不義の子とされるが、さだかではない。もとより、たぐい稀《まれ》なる美貌で、旗本中野播磨守（碩翁）が養父となって将軍家斉にすすめたのである。

いうまでもなく、家斉は精力絶倫《ぜつりん》で、はなはだしい荒淫の人である。妾もかぞえきれぬほど多かったが、そのなかでもお美代の方はとりわけ、かわいがられた。なにゆえ、うらやましいほどの寵を得たのか、真の理由を知る者は、中野碩翁一人ではあるまいか。

ともあれ、将軍家斉の寵愛ひとかたならぬお美代の方を擁《よう》する中野碩翁は、江戸城中はもとより、中奥、大奥に、城虎《じょうこ》のようなゆるぎのない勢力を築きあげているのである。

午後。

水野美濃守はおもねるような笑みを口のはしににじませると、手文庫をひき寄せた。中から切餅（二十五両）二個をとりだし、河内山宗俊の前においた。

「とっておけ、邪魔にはならぬだろう」

「これはこれは」

河内山宗俊は顔を畳にこすりつけた。

「お心づかい、ありがたき倖せにございまする」

「酒井右京について、知っていることを申してみよ」

水野美濃守は脇息にもたれつつ、ざっくばらんな様子で笑みをふくんだ。だが、そんな双眸《そうぼう》には側用人たる地位を守らんとする必死さがこもっていた。なにしろ、相手は、お美代の方、中野碩翁、鳥居耀蔵である。のっぴきならぬ相手で、先に手を打たなければ、それこそ、追い落とされてしまう。

「妙なうわさがございまする」

河内山宗俊は二個の切餅を着物のたもとにしまいこむと、意味ありげな眼差しを水野美濃守に向けた。

「今戸橋から吉原に向かう待乳山聖天下で、今年に入って、四件の辻斬り事件がございました。もっとも、四件目は、辻斬りを失敗し、ほうほうのていで逃げおおせましたが」

「なに、辻斬りとな」

水野美濃守の眼ににぶいひらめきが奔《はし》った。

「酒井右京さまは、旗本大身の上に、将軍家の御側衆でもあり、相応の権勢がございます。町奉行所の与力や同心ごときでは近寄ることもかないませぬ」

河内山宗俊がむずかしげなおももちで顔をややうつむけた。

「町奉行など、頼むに足りぬわ」

水野美濃守が脇息によりかかっていた軀を起こした。顔つきが精彩《せいさい》をはなっている。手ごたえをつかんだというような表情である。

「目付がいるであろう。目付が」

「されど、御目付は若年寄補佐役であらせられまする鳥居耀蔵さまの支配にございますれば、うかつなことは申せませぬ」

河内山が小さく首を振った。

「とりわけ、近藤達之進さまは鳥居補佐役さまと親密にて、美貌の剣士を使って妖しい画策をしておられる節《ふし》がございまする」

「わしや若年寄の林肥後守どのと親しい目付もおるわ」

峰岸錬造《みねぎしれんぞう》のことを言っているのだ。

カンのよい河内山宗俊にはすぐにわかった。

公儀目付は、若年寄の耳目《じもく》となって、政務全般を観察する。旗本大身といえども、目付からにらまれると、わずかな落度でも評定所へ報告され、半知減封とか取潰しとかの憂目《うきめ》に遭《あ》う。しかも、同役も容赦なくひきずりおろす冷酷きわまりない監視者であった。

定員は七名で、職務がら、近親いがいと親しく交際することはない。

とはいえ、それは表向きで、目付も人間であり、山吹色の小判も、吉原の色香も好きなのである。

水野美濃守や林肥後守とつながっている峰岸錬造は、じつは河内山宗俊の遊び仲間でもあるのだ。

「それはそうと、辻斬りの件、くわしくはなしてみよ」

水野美濃守は微妙に眼を動かした。

「酒井右京太夫さまは、若き頃より武術を好まれ、小野派一刀流の免許皆伝《めんきょかいでん》と申しまする。おそらく、旗本御大身のなかで、酒井右京さまの剣は随一《ずいいち》でございましょう。公方さまもそのことはご存知のはずでございます」

河内山宗俊が表情を動かさずにいった。が、あくの強い貌《かお》は独特の凄みをはらんでいる。

「てまえが耳にいたしましたところ、酒井右京さまは、古今の名刀をあつめる趣味がおありとか。由緒《ゆいしょ》ありげな名刀の鞘をはらい、湾刃《のたれば》の刃先から陽炎《かげろう》のようにたちのぼる妖気をながめていると、なにやら、妖しく血がさわぎはじめるのではございますまいか。てまえ、親しく交際させていただいております剣客から、そういうことを聞きましてございまする」

「妖しく血がさわぐとな」

「親しい剣客は、名刀には人を斬りたくてたまらなくなる魔力がひそんでいると申しました。もっとも、相当な達人でなければ、そのような気持にならないでありましょう」

「酒井右京の剣自慢は、わしも耳にタコができるほど聞かされたわ」

水野美濃守は鼻に不快げな小皺を刻みつけると、莨盆《たばこぼん》をひき寄せた。紋散らしの煙管に莨をつめ、思案めいたおももちで一服した。

「酒井右京さまは、いまも、神田橋ぎわのお屋敷に、小野派一刀流の看板をかかげる片桐康左衛門どのをお呼びになり、稽古に余念がないと申しまする。剣術にご熱心なのはよきことでありましょうが、魔がさすという言葉もございまするゆえ」

河内山宗俊が面妖《めんよう》に薄笑った。

「酒井右京がことは、わしも目付に調べさせようぞ」

水野美濃守が煙管の灰を叩き落とすと、宙をするどく睨みつけた。側用人の座をうかがう酒井右京を蹴落とすのは、水野美濃守にとって当然のことであろう。

「辻斬りか。じつに面白いの」

水野美濃守はだれにともなくつぶやくと、陰湿な笑みを口許《くちもと》にのぼらせた。

2

稲荷町の路地裏の二階家の玄関の板戸をからりと開け、銀杏返《いちょうがえ》しの髷《まげ》も色っぽく、下駄を鳴らして外へ出てきた雪乃は、きれいな顔をなにげなく横に向けた。右手に手拭いや糠《ぬか》袋《ぶくろ》、匂い袋などを入れた手桶《ておけ》をかかえている。湯屋にいくのだろう。

「あらっ」

雪乃がびっくりしたような声をあげた。男好きのする愛嬌《あいきょう》たっぷりの瞳がまんまるになった。

玄関脇の板壁に、若草色の着物を着流しにした影月竜四郎がもたれていたのである。

「竜さま、どういう風の吹きまわしなの」

雪乃がいそいそと寄り添う。

「湯屋に行く頃だと思ってな」

竜四郎が照れくさそうに頬をさすりあげた。

「たまたま、このあたりを通りかかったものだから、雪乃の顔が見たくなったのさ」

「お上手なこと」

雪乃は竜四郎の手をとると、冗談っぽく睨んだ。

「ずいぶんとおみかぎりだったくせに。てっきりどこかにいい女《ひと》ができたんだと思ってたわ。竜さま、にがみ走ったいい男だから、女がほっとかないもの」

「こんな貧乏くさい痩せ浪人に惚れてくれるような酔狂《すいきょう》な女なんぞ、いやしねえよ」

そういうと、竜四郎は雪乃ににこりと笑いかけた。ひとなつっこい笑顔だった。

「竜さま、湯屋へ一緒に参りましょう。まだ昼下がりだもの。こんな時刻に湯屋に行く男なんか、だれもいませんわ」

雪乃は竜四郎と手を組んで歩きながら、口笛を吹く真似をした。小股《こまた》の切れあがった佳《よ》い女である。全身にさわやかな躍動感がある。

雪乃は上野広小路の高級料理茶屋『大黒屋』の仲居をしている。高級料理茶屋の仲居の給金は、ひとのうらやむほどよかった。

それに、客から誘われる。一晩十両などざらである。だから、雪乃のふところはつねに潤沢《じゅんたく》であった。

湯屋は稲荷町の雪乃の家からほどなくだった。当時の湯屋は混浴である。とはいえ、このように陽の高い時間に、風呂に入る男は稀《まれ》だろう。町人は、ほとんど昼間、働いている。働かずにぶらぶらしているのは浪人ぐらいのものだが、浪人は湯銭《ゆせん》さえ払えない。

湯屋ののれんをくぐる。鶴乃湯という。

竜四郎は番台に懐中物《かいちゅうもの》と両刀をあずけ、手拭いを借りた。湯銭は当然のような顔をして雪乃が払った。

案の定というか、時間が早いので男女とも客はいなかった。

着物を乱れ籠に脱ぎ、手拭いで前をかくして、かがんでざくろ口から湯殿に入る。

湯殿には湯気がもうもうと湧いていて、なにもかもぼんやりしている。

竜四郎は手桶で湯を汲み、軀を流してから湯舟に入った。いくらか熱めの湯が皮膚にしみて、じつに快い。

竜四郎はからだを思いきって伸ばすと、両手で湯をくんで、ばしゃばしゃ顔を洗った。

「竜さま」

濡れた呼びかけとともに、乳白色の湯気の深みから白い裸身が朦朧《もうろう》と立ちあらわれてきた。

雪乃がからだを投げだすようにして、両腕を竜四郎の首筋に巻きつけ、狂おしげに抱きついてきた。

このような状況では、女のほうが男よりはるかに大胆である。竜四郎は雪乃のあまりの大胆さに面食らってしまった。

雪乃が竜四郎の唇をうばう。情熱的に吸う。竜四郎の唇を割って、薄紅色の舌が小さな蛇のように忍び込み、うねり、のたうつ。舌をつたって送りこまれる雪乃の唾液が、なぜか、蜜のように甘かった。

しばらく、竜四郎の口をむさぼっていた雪乃が、唇をはなして嬉しそうにほほえんだ。

雪乃が立ちあがった。なめらかな肌の上を湯の玉がすべり落ちていく。湯に濡れた海藻《かいそう》のようになった恥毛が、竜四郎の眼の前にあった。それはすぐに、花がひらくように盛りあがってきた。

恥毛の下に秘処の割れ目が短く透《す》けてみえた。

官能的欲情にかられて、竜四郎は雪乃の湯のしたたる秘処に唇をおしつけた。

雪乃は湯舟の縁に片足をかけた。薄桃色の割れ目がゆるくほころび、うるみがにび色に光った。

竜四郎は雪乃の秘処の割れ目に舌を躍《おど》らせ、指を這わせた。

二枚の薄紅色の花びらが舌の先でこまかく震えた。

「ああ……感じる、とっても気持いい……」

雪乃がほっそりしたあごを反《そ》らして陶然とつぶやいた。ふくらみきった鮮紅色の肉の芽は、濡れた莢《さや》から頭をのぞかせ、つややかに光っている。

竜四郎は肉の芽に舌をあてた。

「あっ、あっ、ああ……」

雪乃の腰のくびれが悶《もだ》えるように慄《ふる》えた。

竜四郎は雪乃の秘処のはざまに指を埋め込んだ。温かく柔らかい肉襞が、指を誘い込むかのように、ひそやかなうごめきをつたえてくる。

「竜さま、もう駄目、堪忍……」

雪乃は竜四郎の首筋にひしと両腕をまわすと、膝にまたがってきた。

「お情けをいただかせてくださいまし」

雪乃は怒張した竜四郎の一物に秘処の割れ目をおしかぶせてきた。

竜四郎はさすがに狼狽《ろうばい》して、あたりをみまわしたが、乳白色の湯けむりでなにもかも朦《もう》朧《ろう》としている。

竜四郎の硬い一物が根元まで雪乃の膣の粘膜に包含された。雪乃は竜四郎の両肩に手を当てがうと、はげしく腰を上下させた。

雪乃の快美を訴える声がとまらなくなった。竜四郎は両手で雪乃の張りのある乳房を揉《も》んだ。雪乃のあけすけな官能に応《こた》えるようにはげしい揉み方だった。

雪乃の三日月眉の内側に縦皺が寄り、瞼《まぶた》のはしが小刻みに震《ふる》えだした。快楽をむさぼりながら満ち果ててゆくのだろう。

竜四郎は雪乃を力まかせに抱きすくめた。どう悶えても悶えきれない密着感のなかで、雪乃は小さな痙攣《けいれん》を重ねながら快感の頂点をきわめた。

同時に、竜四郎が放出した。奔流のようなはげしい勢いだった。

竜四郎と雪乃は湯屋を出た。雪乃は満足そうな表情だった。堪能したにちがいない。

「こいつを、とっといてくれ」

竜四郎はふところから一両をとりだし、雪乃の手に握らせた。

「あら？ どうして？」

「けっこうな仕事がみつかってね」

竜四郎が白い歯をみせて闊達《かったつ》に笑った。

「いつも小遣や銭をもらってばかりじゃ、気がひけるってわけさ。なにか、旨《うま》いものでも食ってくれ」

「竜さまも、粋《いき》ね。惚れ直しちまいそうだわ」

雪乃は竜四郎に肩をすり寄せると、瞳を糸のように細くして口許をほころばした。

3

浅草寺聖天門《せんそうじしょうでんもん》の左側は、山之宿《やまのしゅく》と呼ばれる盛り場で、飲み屋や小料理屋、蕎麦《そば》屋などがせまい路地に軒を連ね、粋筋《いきすじ》の待合《まちあ》いなどもちらほら灯《ひ》をともしている。ここからは、吉原《なか》もさほどの距離ではない。辻駕籠《つじかご》でひとっ走りである。

路地の中途の『金泉《きんせん》』という小料理屋の二階座敷で、目付の峰岸錬造と河内山宗俊、それに、妖刀使いの金子市之丞が酒をのんでいた。

目付といっても、そのすさまじいばかりの権限の割には、さほどの手当てもでず、懐《ふところ》具合は、あまり潤沢《じゅんたく》とはいえない。

それでも、身装《みなり》は黒紬《くろつむぎ》の羽織袴とりゅうとしている。

河内山宗俊はというと、唐桟《とうざん》の着流しの上に、牡丹餅紋《ぼたもちもん》のついた銘仙《めいせん》の羽織を重ね、腰に鉄扇を差している。金子市はいつも通り、縦縞の入った薄茶の着流しである。

「峰岸さん、こいつをとっといてくれ」

河内山は図太い笑みをふくむと、ふところから切餅（二十五両）を一個とりだした。

「なに、水野美濃守から頂戴《ちょうだい》したものだから、遠慮はいらねえよ」

「気づかい、ありがたい」

峰岸錬造は薄く笑うと、切餅をそそくさとふところにしまいこんだ。

「酒井右京の野郎の件、うまいところ、決着がつくかい」

「まあな」

峰岸錬造が意味ありげにあごをさすりあげた。

「将軍家御側衆だろうが、御側御用取次だろうが、辻斬りのうわさがささやかれるようでは、寿命が尽きたもおなじだわさ。しかも、酒井右京太夫の奴は、待乳山下の暗闇で実際に辻斬りをやっている。証拠がどうのこうのという段階じゃねえよ」

峰岸錬造は伝法な口調でいうと、車海老の天ぷらを天汁《てんつゆ》にひたして、アタマからバリバリ食った。

「河内山、切餅のずしりとした重さってやつは、いいもんだねえ。こたえられんわ。ふところ具合が温かくなると、仕事への意欲もわいてくるものさ」

目付は、御徒目付《おかちめつけ》をはじめ、十余の役職を支配し、五千余人の下役《したやく》をかかえている。それゆえ、カネはいくらあっても足りないのだ。

「酒井右京は五千七百石の旗本大身で、将軍家顧問の中野碩翁とも親密な間柄だ。なんでも、酒井右京の父親と中野碩翁は刎頸《ふんけい》の交《まじ》わりだったそうだ」

峰岸錬造が穴子《あなご》の天ぷらに箸をだした。この目付はよほど天ぷらが好きらしい。目付にとって、河内山宗俊のような御数寄屋坊主という江戸城の事情通は貴重な情報源であり、敵にするか、味方に抱きこむかでは、天と地ほどの差がある。

目付は、その役職がら、江戸城でも孤立している。数多い御数寄屋坊主も敬遠して、あまり目付に近づこうとしない。

だからこそ、肚《はら》のすわった硬骨漢《こうこつかん》の河内山は、峰岸錬造のような目付にすれば、じつに信頼のおける存在なのだった。

「とはいえ、峰岸さん。将軍家顧問の中野碩翁をむこうにまわすとなると、目付といえどもなにかと大変なのじゃないのかい。さまざまな妨害もあるだろうし、お美代の方だって黙っちゃいめえ」

将軍家斉にこよなく可愛がられている愛妾お美代の方は、御側衆の酒井右京太夫と気心の知れた仲なのだ。酒井右京を御側衆から側用人にひきあげようとしているのは、もしかしたら、お美代の方かもしれない。お美代の方が養父の中野碩翁を通じて将軍家斉にはたらきかけている可能性も十分にある。

「厭《いや》な女だ」

峰岸錬造が顔をしかめた。お美代の方とは水と油というか、まったく反りが合わないのだ。

「あの女のどこがいいのか、公方さまも趣味がお悪いわ」

峰岸錬造はにがにがしげなおももちで、ぐい呑みの酒をあおりつけた。

「大奥ってところも、摩訶不思議《まかふしぎ》な場所だぜ。権勢ゆるぎないお美代の方が法華宗《ほっけしゅう》だというと、三千人余もいる大奥の女中どもは、こぞって法華に帰依《きえ》する始末だ。それだけならまだしも、それが三百諸侯にまで波及し、ぞくぞくと法華に改宗者がでてきたのさ。それがために、雑司ヶ谷の感応寺、下総《しもうさ》中山の智泉院は、奥女中の代参や、大名の参詣でおどろくほど繁盛し、いまや昇竜の勢いだそうだ」

「峰岸さん、権勢のあるお美代の方を敵にするのは厄介じゃないのかい」

「なあに」

峰岸錬造が自信ありげに眼を動かした。

「それがしはお美代の方や中野碩翁になにかするわけではない。目付として御側衆の酒井右京を内々に調べるだけさ」

「酒井右京は山岡頭巾をかぶって辻斬りに出る。もとより、古今の名刀が手に入ったときだけだ」

壁によりかかっていた金子市之丞が冷えた声でいった。双眸が例によって暗い。

「酒井右京には、側近四人が付き従っている。田辺、山波、倉島といった連中で、赤坂・五本松の片桐道場に通い、腕のほどはかなりのものだ。もっとも、道場剣法だから、たかがしれているがね」

「田辺、山波、倉島か。そやつらを締めあげてみるのもよいかもしれぬ」

峰岸錬造が思案げに眉をひそめた。

「峰岸さん、今日は目付の役目を忘れて、吉原にくりこもうじゃねえか。大口屋の看板花魁夕月がお待ちしていなさるぜ」

夕月は三千歳とならぶ大口屋の花形で、峰岸錬造の馴染みだ。

峰岸錬造は、まんざらでもなさそうなおももちである。

河内山宗俊は柏手《かしわで》を打って女中を呼び、辻駕籠を用意させた。このあたり、まことに如才がない。したたかなものである。

4

陽がかげりだすと、繁華な両国広小路も潮が退くように眼に見えて人波が減っていく。

夜の帳《とばり》がおりると、下町屈指の繁華街も不逞の輩《やから》の横行する物騒きわまりない街に変貌してしまうのである。

迷路のような路地の暗がりには不穏な殺気がこもり、けだものじみた顔つきの痩せ浪人どもが、金になりそうな者をさがしてうろつきまわっている。

両国広小路の小田原姫稲荷《おだわらひめいなり》の社の前で、七、八人の無頼浪人どもが、みずみずしく若衆髷《ゆ》を結った若い武士をとりかこんでいる。

若い武士は五尺そこその小柄な軀を薄緑の小袖と茶の袴《はかま》につつみ、朱鞘の大小を腰に横たえ、絹緒《きぬお》の草履《ぞうり》というさわやかな身装《みなり》であった。

顔が息をのむほど清らかだ。目鼻の冴えが美しく、紅《くれない》をおびた唇がひきしまり、睫毛の長い眼は、あるかなしかの憂《うれ》いを宿して涼やかだった。

「臭い。寄るな」

若衆髷の若い武士は顔をしかめた。美貌に露骨な嫌悪感があらわれている。とりかこんでいる浪人どもから異臭がただよってくる。

たしかに、尾羽打ち枯らした痩せ浪人どもは垢だらけで、軀《からだ》は饐《す》えた臭いにむせかえっている。

「貴様、われらを侮辱《ぶじょく》するにもほどがあるわ」

田尾弥次郎という痩せ浪人が眼を三角にして、威嚇《いかく》するように大刀の柄を叩いた。七、八人の浪人どもは顔つきも似かよっている。一様に飢えた野良犬のような顔をしている。

「このままではすませぬ。誠意を示さねば、命はないものと思え」

田尾弥次郎、赤星治兵衛、松木義助が悪鬼のごとき形相で若衆髷の武士につめ寄った。

若衆髷は、いうまでもなく栗本新之丞である。もとより、動ずる風もない。むしろ、宿なし浪人どもを挑発しているようにもうかがえる。

「天下泰平の世の中は、すばらしきことだ。されど、狼のごとき不逞浪人どもが江戸市中の歓楽街に激増し、腰の大刀を抜きはなって金品を脅《おど》し取《と》り、善良で働き者の町人たちは困りぬいている。おまえたち、恥《はじ》というものを持ち合わせておらぬようだな」

栗本新之丞が侮蔑をこめていいはなった。

「恥だと？　ふざけるな、この稚児《ちご》野郎!!」

田尾弥次郎がすさまじい剣幕で腰の太刀をぎらりと抜きはなった。

「たあ!!」

田尾弥次郎は逆手《さかて》八双《はっそう》から栗本新之丞の肩口へ気合するどく斬りつけた。刹那《せつな》、栗本新之丞の小柄な軀が飛鳥のごとくに田尾弥次郎の右横に躍り込み、腰間の剣を抜く手もみせずに田尾弥次郎の首を薙《な》ぎ払った。

新之丞の利刀が風を裂いて唸った。

田尾弥次郎の首が血汐を噴いて宙を奔《はし》った。軀が糸の切れた傀儡《くぐつ》人形のようにへなへなと崩れ落ちていく。

栗本新之丞は返す刀で赤星治兵衛の脾腹《ひばら》をえぐり、松木義助の肩口を存分に斬り裂いた。

あまりの速度に、浪人どもは茫然《ぼうぜん》としている。

ひと呼吸おいて、浪人のひとりが悲鳴をあげて逃げだした。それを機に、浪人どもはクモの子を散らすように雑踏や路地に駆け込んでゆく。

「ふっ」

栗本新之丞は蔑《さげす》みの笑みを切れ長な眼のふちににじませた。

「骨のない乞食浪人どもめが」

栗本新之丞が二尺の太刀を懐紙で拭った。

その様子を、小田原姫稲荷の脇の薄暗がりから凝視《ぎょうし》している者があった。

影月竜四郎である。するどい双眸はかすかな瞬《まばた》きもしない。竜四郎は栗本新之丞の人間ばなれした俊敏な動きを頭に刻みつけているのだろう。

大川畔に、『漣《さざなみ》』という料理茶屋がある。

影月竜四郎は漣の門をくぐった。玄関に軀をはこび、法被《はっぴ》を着た男衆に差し料をあずける。

「三浦屋が部屋を用意しているはずだが」

竜四郎がいった。

「はい」

中年の仲居が愛想のよい笑顔で竜四郎を案内する。

萩尾は『笹百合』という凝《こ》った造りの十畳の部屋で待っていた。席料も高いにちがいない。朱塗《しゅぬ》りの卓に銚子が二本並んでいる。萩尾の目許がほんのり紅《あか》く染まっている。

「すぐに、お料理をお願いね」

萩尾は仲居につげると、竜四郎の隣りに席を移した。

「約束の刻限に竜四郎さまがいらっしゃらないので、萩尾はお酒をいただいてしまいました」

萩尾は甘えるような調子でいうと、やや顔を上向け、目許をなごませた。

「偶然に、よいものを見ることができた」

竜四郎は萩尾の酌《しゃく》で、盃の酒を口にはこんだ。むろん、栗本新之丞が両国広小路で浪人どもを斬ったことをいっているのだ。おそらく、参考になったはずである。

「萩尾は、酔ってしまいました。あとで、優しく介抱してくださいますわね」

萩尾が豊満な胸を突きだすようにしていった。流行《はやり》のしゃこ髷と江戸小紋が萩尾を小粋にしている。

「萩尾どのは、もはや、狙われる心配はない。決着をつけた」

竜四郎が確信をこめていった。江戸暗黒街の元締、浜松屋源兵衛を斬って捨てたのである。竜四郎の確信は当然であろう。

料理がはこばれてきた。

鯛とかんぱち、それに伊勢海老、鮑《あわび》の刺身の舟盛りである。

うずらのあぶり焼き、鮎の塩焼き、沙魚《はぜ》と車海老の天ぷらなど、旨そうな料理がずらりと並んだ。

竜四郎は脂《あぶら》ののったかんぱちの刺身を口にほうりこみ、舌つづみを打った。

「竜四郎さま、萩尾も亭主を追いだしました」

萩尾は気負いもなく、さらりといった。

「何人も妾をかかえ、子まで儲けたのがゆるせなかったの」

「そうか、それはよい。厭でたまらぬ亭主など、叩きだしてしまうにかぎる」

竜四郎は愉快げな笑い声をたてると、杯をくっと干《ほ》した。

「ことに、萩尾どのは家付き娘で、亭主の治平は入《い》り婿《むこ》ではないか。どうして厭な思いを堪《こら》えなければならぬのだ」

「そのとおりです。ようやく気がつきました」

萩尾はきつい眼つきで頬をへこました。

「三浦屋四郎次郎と名乗っていても、家では治平にすぎません。わたしは、百両のお金を渡して、治平を叩き出してしまいました。惣番頭にひきあげた友蔵が手際よく事をはこんでくれましたわ」

「友蔵か、あの男は血のめぐりがよい上に、おのれをわきまえている。萩尾どのの右腕となって、三浦屋を盛りたてるだろう」

「わたしは三浦屋の法被《はっぴ》を着て、店をきりまわし、おとくい様まわりをいたします。商家の娘ですもの」

萩尾は鼻をツンとさせると、瞳を春の弦月《げんげつ》のように細めて竜四郎にしなだれかかった。

「萩尾は酔ってしまいました」

「さようか」

「次の間に夜具が敷きのべてございます。介抱してくださいまし」

襖《ふすま》がすっと開いた。

寝間小袖を着た竜四郎が夜具から軀を起こすと、萩尾ははにかむように笑った。あざやかな緋縮緬《ひちりめん》の長襦袢《ながじゅばん》をまとっていたのである。

「竜さま、こういう派手な長襦袢、お好き？」

萩尾が竜四郎の横に腰をおろした。

「好きだとも、男で嫌いな者はおらぬだろう」

竜四郎は萩尾の肩を抱き寄せた。萩尾がせがむように唇をつきだす。

竜四郎は萩尾の唇をうばいつつ、緋縮緬の長襦袢のえりもとから手を差し入れた。稜線のくっきりしたすばらしい乳房だ。いかにも重そうに充実し、ひきしまっている。

竜四郎は萩尾と接吻しながら、乳房をゆったりと揉んだ。

ほどなく、萩尾は堪《こら》えきれぬように竜四郎から唇をはなすと、顔を上向け甘美なあえぎを洩らした。

つぶらな乳首が竜四郎に揉まれて固くしこっている。その乳首から濃厚な快感がからだの深部へ注ぎ込まれ、血が沸騰《ふっとう》するように高まっていく。

「ああ……もう、死にそう……」

萩尾はとろけるような声をあげると、崩れ込むように夜具の上に仰臥した。緋縮緬の長襦袢の前があられもなくはだけ、からだのほとんどがあからさまにさらけだされている。

萩尾は深く息を吐きながら、小さく腰をゆすりたてた。それは、竜四郎のはげしい愛撫を自分から求めているような仕種《しぐさ》にみえた。

竜四郎は萩尾の要求に応えるように、可憐《かれん》な屹立《きつりつ》した乳首を舌でなぎ払った。

「ううん、ううん、ううん」

萩尾は喉の奥にくぐもった甘やかな声をひびかせると、両膝を広げて立てた。女の部分を攻めてほしいのだろう。

竜四郎はほころびかけている萩尾の秘処の割れ目を指先でねっとりと上下になぞった。

「素敵……感じる……とっても気持いい……」

萩尾は瞳を閉じ、恍惚としてつぶやいた。あるいは忘我の境地に没入しているのかもしれない。

陰毛と、濡れそぼった熱い肉の襞と、鮮紅色の陰核の感触が、ほとんど一体化した感じで、竜四郎の指先に触れている。

指が肌色の包皮にくるまれたままの肉の芽に触れるたびに、萩尾は絶え入りそうな声を洩らし、細身の肢体が小さく跳ねるようにして慄《ふる》えた。

竜四郎は指先で愛撫しながら、萩尾の秘処に視線をそそいだ。うるみにまみれた珊瑚《さんご》色の割れ目が、竜四郎の欲情をことさら煽《あお》りたてた。割れ目とはざまのきれいな色合いと、まわりのくすんだ色との対照は、竜四郎の淫らな気持をかきたてた。

竜四郎は陰核の包皮を指先で押さえて外した。露出した肉の芽は、ふくらみきって赤くつややかに光っていた。肉のうすい、ちぢみをたっぷりとつけた花びらは、左右に分かれたまま、割れ目の縁に顔をのぞかせている。

竜四郎は花びらを舌の先ですくい起こして、唇で捉《とら》えて、つよく吸いあげた。

「あっ、あっ、あれっ!!」

萩尾が意表をつかれたような悲鳴をあげた。鮮烈な快感が湧いたのかもしれない。

竜四郎は肉の芽に舌を移した。唇にふくみ、あやすようにころがした。

萩尾の嗚咽《おえつ》がとまらなくなった。腰のくびれと内腿が鳥肌立ち、躰全体にこまかなわななきが走った。赤いはざまは、つぎつぎに深みからにじみ出てくる透明なうるみで、真珠色に光りかがやいている。

竜四郎は萩尾の秘処のはざまに指を埋め込んだ。肉の芽は口にふくんだままである。

萩尾はせがむように腰を浮かし、細くて高い声を乱れた息とともにはなった。

竜四郎の指は、秘処のやわらかいくぼみの奥にさそいこまれるようにして、深く埋没した。だが、指はたちまち固い弾力を感じさせる筋肉の環《わ》にせきとめられてしまった。

「ああっ、ああ……」

萩尾はほとんど悩乱状態で、狂ったように腰をゆすりたてた。竜四郎の指は固い肉の環をくぐりぬけた。肉の環はうねるような感じの動きを指につたえてきた。

萩尾は悲鳴をあげ、あえぎ、肢体をうねらせて悶《もだ》えた。腰をゆすりたて、開いて投げだした膝を立てたりしている。官能の高ぶりがあまりにもはげしく、じっとしていられないのだろう。

「死にそう、終わっちゃいそう。竜さま、どうにかしてちょうだい」

かすれた金切声が、萩尾の口からほとばしり出た。ほとんど同時に、全身にはげしい痙《けい》攣《れん》が走った。絶頂をきわめたにちがいない。

（潮時《しおどき》だ）

竜四郎は萩尾の両内腿を反らせ、蜜のしたたる女の部分をあからさまにして、おのれの怒張を埋め込んだ。

竜四郎が入っていくと、萩尾は両脚で竜四郎の腰をはさみつけ、呼吸をはずませて全身でからみついてきた。

ほどなく、痺れるような絶頂感覚とともに、竜四郎は萩尾の胎内《なか》で存分に爆《はじ》け散り、思いきって放出した。

5

中野碩翁は眉をひそめた。

将軍家顧問の御用部屋の前の廊下の隅に、御数寄屋坊主の河内山宗俊が卑屈な様子でうずくまっていたのである。

「河内山、入るがよい」

中野碩翁は御用部屋の襖を開けて、河内山宗俊にいった。

(なにかある)

ピンときたというか、碩翁独特のカンがはたらいたのである。

「ははっ」

河内山宗俊は中野碩翁の威光に打たれたというように大柄な身をちぢめた。将軍家顧問の御用部屋ににじり入った。

「河内山」

中野碩翁の皺に埋《うず》もれた眼が老獪《ろうかい》な光を宿した。

「ははっ」

河内山宗俊は畳に両手をつき、恐懼《きょうく》の態度でひれ伏している。

「わしの耳に入れたき儀があるようじゃの」

中野碩翁が喉の奥でにぶい笑い声を洩らした。

「おそれながら」

河内山宗俊は蛙《かえる》のように平たくなったまま、口をひらいた。声がかすかな慄《ふる》えをおびている。

「お美代の方さまとご昵懇《じっこん》であらせられまする御側衆の酒井右京太夫さまが、御目付衆によって内々の偵察を受けておられます」

「目付にか」

中野碩翁の貌にかすかな動揺があらわれた。

「なんと申す目付か」

中野碩翁は手文庫をひき寄せると、中から切餅二個を取り出し、河内山の前にずかりと置いた。五十両が情報料の相場であるらしい。

「峰岸錬造さまにございまする」

「あやつめか」

中野碩翁がにがそうなおももちで舌を打ち鳴らした。融通《ゆうずう》の利かぬ相手なのだろう。

「で、酒井右京のなにを調べておるのじゃ」

「ご行状にございまする」

河内山宗俊がおそるおそる顔をあげた。そのあつかましげな貌《かお》には、意味ありげな表情が浮かんでいた。

「酒井右京さまは、小野派一刀流の達人でござります。それは、どなた様もご存知でありましょう」

「うむ」

中野碩翁が手にした扇子をパチリと鳴らした。視線はするどく河内山宗俊にそそがれている。

「刀剣蒐集《しゅうしゅう》のご趣味もござりますとか」

「知っておる」

中野碩翁が小さくうなずいた。

「酒井右京は、古今の名刀、銘刀《めいとう》に目がないのじゃ」

中野碩翁の怪物じみた貌に複雑な翳《かげ》りが生じた。酒井右京太夫の刀剣蒐集には、異常なまでの執着心が感じられるのだ。

「てまえごとき茶坊主は剣術についての何の心得もござりませぬが、刀剣と申すものは、刀刃をながめていると、なにやら妖しげな気分におそわれるそうでございまするな。てまえの知人の剣客が、すばらしき刀は人の血を吸わせてやりたくなるものだなどと、不埒《ふらち》なことを口にいたしました」

「峰岸錬造のやつめ、酒井右京の行状の何をつかんだのじゃ」

中野碩翁が筆の穂先のような白い眉を疑わしげにひそめた。

河内山は再び、肩をすぼめて両手を畳につき、顔を伏せた。

数瞬あった。

中野碩翁はいまいましげに鼻をひくつかせると、手文庫から切餅二個をとりだし、河内山の前に置いた。河内山はさりげなく切餅二個をふところにしまい込んだ。

「今戸橋から待乳山を過ぎる夜道に、今年に入って、四度、山岡頭巾をかぶった辻斬りが出ました。三人は一刀のもとに斬り殺されましたが、つい、先日、雨の夜に待乳山下の暗がりを通りかかった浪人は、腕の立つ者で、辻斬りの斬撃をかわし、あわてふためいて殺到してきた辻斬りの家来たちに当て身をくらわして姿をかくしたそうにございまする」

「浪人か」

中野碩翁が眉間にけわしい縦皺を刻みつけた。だれやら、目付の手の者が浪人に扮《ふん》していたのではないかと思ったのである。

「辻斬りとやらは、懐中を狙う物盗《ものと》りではないのか」

「いや、いや」

河内山は手をはげしく横に振った。

「辻斬りは斬って捨てた三人の懐中に手をつけておりませぬ。今戸の文次という岡っ引が調べました。斬り殺された商家の旦那は、十二両入りの紙入れをふところにしていたそうですが、辻斬りは目もくれません」

河内山はにぶい笑みを凄みのある眼のふちににじませた。

「てまえには、なんともわかりかねまするが、やはり、銘刀の試し斬りのように思われまする」

「町方の役人がそのように申しているのか」

「それがでございます」

河内山があたりをうかがうように声をひそめた。

「奇妙なことに、待乳山聖天下の夜道で三件も辻斬りがあったというのに、町方役人の動く様子がほとんどございません。どうやら、しかるべき筋から町奉行所になにごとかあったのでありましょう」

河内山はくえない笑みを浮かべながら、ふとい鼻の脇を指でさすりあげた。

「てまえが耳にしたところによりまするど、辻斬りの斬撃《ざんげき》をかわし、家来どもに当て身をくらわした浪人は、御目付衆の峰岸錬造さまの剣術仲間だそうにございまする」

「それで、峰岸錬造のやつが、辻斬り事件にのりだしたというわけか」

中野碩翁はむずかしげなおももちで腕を組んだ。

「では、てまえはこれにて」

河内山宗俊は額を畳にこすりつけて、中野碩翁の御用部屋から退出した。内心、ぺろりと赤い舌をだしているにちがいない。なにしろ、百両もの大金をせしめたのだ。笑いがとまらないだろう。

その夜。

霧のようなこまかい雨のふりしきるなかで向島《むこうじま》にいそぐ紅網代《べにあじろ》の女駕籠《おんなかご》があった。供まわりもごく少数だ。雨に打たれている提灯にも定紋はなかった。

紅網代の中には、鳥居耀蔵が乗っている。

中野碩翁は高輪に数万坪におよぶ邸宅をかまえているが、向島にも同様の壮麗な屋敷をもっている。

中野碩翁は向島の邸宅を下屋敷と呼び、この数カ月は向島にいることが多い。それがために、諸藩の江戸家老や旗本の用人、札差、大奥出入りの富商が引きも切らずに賄賂《わいろ》音物《いんもつ》を届けにくる。まことに、門前市《いち》をなすありさまであった。

当然、反中野碩翁の貧乏目付である峰岸錬造らはにがにがしく思っている。が、いくら目付であっても、重大な落度でもないかぎり、将軍家顧問に手出しはできない。

将軍家顧問の中野碩翁は、向島からビイドロ障子《しょうじ》の屋形船で大川を下り、江戸城の長し口に船を着けて、上陸登城するのである。

鳥居耀蔵を乗せた紅網代の女駕籠は向島の中野碩翁邸の冠木門《かぶきもん》をくぐり、玄関に横付けした。

用人の田宮仙五郎が待っていて、鳥居耀蔵を内陣ともいうべき奥まった書院に通した。

「きたか、耀蔵」

中野碩翁は脇息にもたれていた軀を起こすと、鳥居耀蔵に狷介《けんかい》な眼差しを送りつけた。

「酒井右京の馬鹿が、銘刀の試し斬りにおよびおったわ」

「なんですと？」

鳥居耀蔵のおちくぼんだ眼が底冷えのする光をはらんだ。

「目付の峰岸錬造が探索しておる。かなり手応《てごた》えを感じている様子だ」

中野碩翁が盃の酒をぐびりとふくんだ。挙措《きょそ》におちつきがない。動揺をかくせないのだろう。

「峰岸錬造は市井《しせい》の無頼漢や小悪党どもと付き合うような奴ですが、頭は切れまする。油断なりませぬな」

鳥居耀造がきびしいおももちで腕を組んだ。

「酒井右京め、将軍家御側衆という立場をなんと考えておるのか」

中野碩翁は眼をいからせると、噛んで吐きだすようにいった。

「銘刀の試し斬りはいちどではない。四度も辻斬りをして、一度はぶざまに失敗してしもうたわ」

「その一度の失敗が、酒井どのの命取りになったというわけですな」

鳥居耀蔵のおちくぼんだ眼が陰険に光った。

「ほかのことはまだしも、辻斬りはいけませぬ。責任をおとりいただくほかはありませぬな」

「腹を切らせるというのか」

中野碩翁がうろたえぎみに腰を浮かしかけた。

「酒井右京はとりわけお美代の方と仲がよいのだ。切腹だけは勘弁してやれぬか」

「切腹など、考えもいたしませぬ」

鳥居耀蔵が口のはしににぶい笑みをにじませた。

「酒井右京太夫は、こちらの側の人物でございます。辻斬りなどという弁解の余地もない行状《ぎょうじょう》が明るみに出ますと、碩翁さまはもとより、こちらがいちじるしい傷を負います。ですから、酒井右京の件は闇から闇へ葬《ほうむ》るほかはございませぬ」

「そうするしかあるまい」

中野碩翁は手文庫をひき寄せると、中から切餅四個（百両）をとりだして、鳥居耀蔵の前に積みあげた。

「このたびの骨折れ賃じゃ。些少だが、とっておけ」

「頂戴いたします」

鳥居耀蔵は当然のようなおももちで切餅四個をふところにしまいこんだ。

「あるいは、峰岸錬造は側用人の水野美濃守どのとつながっているやもしれませぬな」

鳥居耀蔵は思案げなおももちでやや首を傾けた。

「碩翁さまは、水野美濃守どのをどこかに追いやって、酒井右京太夫どのを将軍家側用人に据《す》える腹づもりだったのではございますまいか」

「お美代の方にせっつかれての」

中野碩翁がしぶいおももちであごに手をやった。だれがなんといおうと、将軍家斉の寵《ちょう》愛《あい》いちじるしいお美代の方あっての中野碩翁の権勢なのである。養父の中野碩翁がお美代の方の機嫌をそこねるわけにはいかないのだ。

「水野美濃守どのは、目付の峰岸錬造と柳橋や赤坂の料亭で酒を酌《く》み交《か》わす仲だそうにござる。目付峰岸錬造の後楯《うしろだて》を認じているのでありましょう」

鳥居耀蔵が手酌で盃に酒を注ぎ、ぐびぐびと喉にながしこんだ。

「水野美濃守どのが酒井右京の辻斬りの行状を知ったとなると、手をこまねいてはおられませぬな」

「うむ」

中野碩翁がきつい眼つきでうなずいた。

「江戸城の奥深くには、さまざまな謀略が渦巻いてございます。へたをすれば、こちらが足をすくわれてしまいましょう」

鳥居耀蔵のおちくぼんだ眼が暗い凄みをはらんだ。酷《むご》いことを平然とやる眼であった。

6

酒井右京太夫は駕籠で吉原に向かってゆく。駕籠は雷門前で拾った辻駕籠であった。

中野碩翁から仲之町の茶屋『小池巴《こいけどもえ》』へ来るようにと呼びだしがあったのである。

（吉原《なか》は、久しぶりだわい）

酒井右京はにんまりとした。およそ、男で吉原が嫌いな者はいない。吉原は日本最大、最高の社交場なのだ。犬公方《いぬくぼう》や忠臣蔵《ちゆうしんぐら》で有名な五代将軍綱吉《つなよし》も、館林宰相《たてばやしさいしよう》の頃、大文字屋の高尾太夫《たかおだゆう》のもとに通いつめたという。仮名《かんな》を館《たて》ノ弐右衛門といい、小身であった柳沢保太郎《やなぎさわやすたろう》（吉保《よしやす》）の屋敷で衣服を着替え、六、七人の供をつれて、大文字屋にくりこんだという。

これは、二代目高尾である。

高尾太夫は七人いたといわれている。初代の高尾太夫は、仙台藩主伊達綱宗《だてつなむね》に身請《みう》けされた仙台高尾である。綱宗は身請料として、高尾の体重と同量の黄金を支払ったそうだが、真偽のほどはさだかではない。

その高尾は、いかなる理由があったかは謎だが、屋形船から大川に吊《つる》され、無残に斬り殺された。人に知られてはならない吉原の秘密を、高尾は知っていたのかもしれない。

それはともかく、酒井右京は駕籠の中で妙にうきうきしていた。将軍家御側衆の重職にあっても、吉原へはなかなか軀《からだ》をはこべないのだ。

吉原とは、そういう場所なのである。

（中野碩翁さまが用意された見世《みせ》は、稲本楼か、十文字屋か、それとも、彦太楼だろうか。いずれにせよ、最高級の遊廓《ゆうかく》にちがいない）

酒井右京は好色そうに目尻を下げた。

太夫という吉原の最高級の花魁《おいらん》は、だれにでも衣装の帯を解く遊女ではない。

吉原の基本は恋愛なのである。いくら小判を積まれようとも、その客が嫌いであれば、花魁は座敷に出なくてもよい。つまり、ふってしまうのだ。

客はとやかくいえない。文句のひとつもいおうものなら、禿《かむろ》にまで野暮と蔑《さげす》まれてしまう。

それだけに、幕府の要職にある酒井右京太夫といえども、心がおどるのである。

駕籠が足どりも軽やかに正燈寺を行き過ぎていく。左前方に、鷲《おおとり》神社の鳥居が見える。

そろそろ、宵闇がせまる頃であった。

地紙《じがみ》売りと燈芯《とうしん》売りの行商人と駕籠がすれちがった。吉原で商《あきな》いをしてきたのだろう。

吉原には、さまざまな行商人がやってくる。

深川の菓子屋『船橋屋織江《ふなばしやおりえ》』、『本所松鮨《まつずし》』、堺町の『金竹輪《かねちくわ》ずし』、浅草の『八百善』、南千住の『尾花』など有名店の出店も吉原に軒を連ねている。

駕籠が鷲神社にさしかかった。

そのとき、鳥居の陰から小動物のようにすばやく翔《か》け出てきた者があった。

「駕籠をおけ」

冴《さ》えた声が威嚇《いかく》をこめてしなった。

若衆髷に紫の中振袖《ちゅうふりそで》を着て、蘇芳《すおう》色の陣羽織という身装《みなり》の若い武士が、異様なほどの殺気を小柄な軀に包み込んでいる。

「ひえっ!!」

駕籠かきは悲鳴をあげ、駕籠をその場におろして、一散に逃げていく。

「御側衆の酒井右京太夫どのでござるな」

若衆髷が声をかけた。子供のような澄んだかん高い声であった。

酒井右京太夫はたれをめくって外に踏みだした。角張った男くさい顔がはげしい怒気をはらんでわなないている。

「貴様、なにやつじゃ。興《きょう》をそぎおって!!」

酒井右京は羽織の紐《ひも》をほどき、鮫緒《さめお》の雪駄を脱ぎ捨てると、腰の差し料に手をかけて、若衆髷をはったと睨みつけた。元来がひとをひととも思わぬ傲岸な人物であった。酒井右京にすれば、浪人など芥《あくた》のようなものなのだ。

「それがし、乱八流、栗本新之丞と申す。お相手つかまつる」

栗本新之丞は妖しく冴えた美貌に蔑《さげす》みの笑みをふくみ、朱鞘の太刀を抜きはなった。二尺ほどで、小太刀にちかい。

「下郎《げろう》め、八ツ裂きにしてくれるわ」

酒井右京太夫が鍔鳴りを発して太刀を鞘走《さやばし》らせた。備前広友《びぜんひろとも》二尺四寸二分の銘刀である。

酒井右京は備前広友を乱れ八双にかまえた。相手は小柄で、稚児か役者のようであった。

(このような奴に、小野派一刀流免許皆伝のわしが後《おく》れをとるはずがないわ)

酒井右京は乱れ八双に大刀をふりかざしたまま、ずいと間合いを詰めた。

栗本新之丞は二尺の太刀を星眼にかまえている。若衆髷をつややかに結いあげた清雅な美貌は、湖水のように静かであった。

酒井右京太夫は肩幅がっしりした筋骨たくましい堂々たる体格をしている。軀《からだ》も、膂《りょ》力《りょく》も、小柄な栗本新之丞を圧倒していた。負けるはずがないと思うのも無理はないであろう。

「たあ!!」

裂帛《れっぱく》の気合を発するや、酒井右京太夫は乱れ八双にかざした二尺四寸二分の大刀を、栗本新之丞の肩口めがけて袈裟掛《けさが》けに斬りおろした。さすがに小野派一刀流皆伝だけあって、凄《す》さまじいまでの速さをもった斬撃であった。

刃風がするどく唸った。

だが、栗本新之丞の矮軀《わいく》は電光の速さをもって、酒井右京太夫の斬撃をかいくぐり、酒井右京の右脇に肉薄したのだった。酒井右京必殺の袈裟掛けが空を切ったのはいうまでもない。

（あっ!!）

酒井右京は慄然《りつぜん》とした。唸りをあげて斬りあげた太刀がかわされたのだ。信じられなかった。同時に、恐怖がめばえた。

栗本新之丞の二尺の剣が白光りを曳《ひ》いて奔《はし》った。剣は、酒井右京の右脾腹を深々と裂いていた。

酒井右京はおのれの脾腹から流れ出る血の音を聞いた。からだから一気に力がぬけ、足がよろめく。

酒井右京は狼狽《ろうばい》し、踏みこたえて、力をとりもどそうとした。頭の中が朦朧《もうろう》となり、眼がかすみはじめた。

「おのれ!!」

酒井右京は唇を嚙みしめた。これほどあっさり敗れるなどと思ってもいなかった。刀を杖にして、倒れかかる軀を支えた。脾腹から下は蘇芳《すおう》びたしになっている。

脳が濁《にご》り、視力が消え、軀が妙に軽くなった。

酒井右京太夫経明は、おのれの血のにおいを嗅ぎながら、血だまりのなかにつんのめった。それが御側衆、五千七百石の旗本の最後だった。

7

山之宿の小料理屋『金泉』の二階座敷には河内山党の面々が酒盃を片手に顔をそろえていた。

「鷲神社の前で腹を斬り裂かれてくたばった酒井右京は、一体、どうなっちまうのかね」

片岡直次郎が皮肉めいた笑みを眼のふちににじませた。

「行状、不行《ふゆ》き届《とど》きにより、断絶だろうな。つまり、神君家康いらいの名門酒井家も、あっけなく消滅しちまうってことさ」

金子市之丞が盃の酒を旨《うま》そうにすすりこんだ。

「酒井右京を殺りやがったのは、栗本新之丞だ。まったくもって、あの野郎は魔物だぜ」

「けど、稲妻の竜は新之丞と刃を交えようとしているぜ」

暗闇の丑松が小さな眼に不安げな険をつくった。

「金子市、稲妻の竜は魔物野郎に勝てると思うかい」

「さてね。勝負は時の運だからな」

金子市之丞が無機的な風貌に冷たい笑みをただよわせた。この神道流の妖刀使いは、竜四郎が早朝の上野山で剣を磨《みが》いていることを知っている。が、栗本新之丞の人間ばなれした太刀筋の速さをそなえた魔剣を破る工夫がついたかどうかまで知るよしもない。

「そういえば、近頃の竜さんは、かなり剽悍《ひょうかん》な面《つら》がまえになってきやがったな」

片岡直次郎が小さな吐息を洩らした。

「頬がげっそりして、眼つきがやけにするどくなってきた。飢えた狼みたいで、近寄りがたいぜ」

「そうだろうともよ」

河内山宗俊が図太い笑みをふくんだ。

「稲妻の竜は、てめえの命を俎《まないた》の上に乗せてるんだ。狼にも、虎にも、なろうってもんさ」

「やはり、朝比奈祐一郎の仇討ちをする気かい」

片岡直次郎の顔から笑みが消えた。

「竜さんの性格からして、朝比奈祐一郎を斬り殺した相手を知りながら、頰かむりはできないだろうさ」

河内山宗俊は盃の酒をぐびぐびと飲むと、野太い吐息をついた。

「聞くところによると、信州・高遠藩の藩士だった当時の稲妻の竜は剣ひとすじに打ち込んでいて、師の息子の祐一郎とは無二の親友だったという。その朝比奈祐一郎が、栗本新之丞の身勝手きわまりない理由で惨殺《ざんさつ》された。たとえ、双方納得ずくの真剣手合いだったにせよだ。稲妻の竜は、立たずばなるまい。栗本新之丞に勝つ自信がなくてもな」

「弟の健次郎では、狂気を秘めた栗本新之丞という魔剣士に歯がたたんし」

金子市が眉根を寄せた。

「影月竜四郎も、本所、深川、両国、浅草などの盛り場をうろつく狼浪人の間で稲妻の竜と異名をとったほどの抜刀田宮流の使い手じゃねえか。栗本新之丞にあっけなく敗れるとは思えねえよ」

片岡直次郎が沙魚《はぜ》の甘露煮《かんろに》を口の中にほうりこんだ。

「そこよ」

金子市が微妙なおももちで盃に酒をついだ。

「栗本新之丞は、いとも簡単に朝比奈祐一郎を倒した。すなわち、腰を沈めて相手の脾腹を切り裂く抜刀田宮流は、栗本新之丞には通用しないというわけだ」

盃を口にはこんだ。

「抜刀田宮流は、残心《ざんしん》がみごとなことで有名な刀法だ。残心とは、一閃したあとのかまえだ。だが、朝比奈祐一郎には残心もなにもない。信じられないことだが、抜刀田宮流必殺の居合い抜きが空を切ってしまったのだ」

「抜刀田宮流は、居合いの一閃をかわされれば敗れてしまうのかい」

片岡直次郎が金子市之丞にいぶかしむように顔を向けた。

「まずな」

金子市之丞が暗いおももちでうなずいた。

「居合いの勝負は一瞬で決まるから一閃して崩れれば隙が生じるからだ。そこが、居合いの怖《おそ》ろしいところでもある。弱点でもある。もっとも、稲妻の竜は居合いをはずされても、十分に踏みとどまって闘えるがね」

「ところで、栗本新之丞の野郎は、どこを寝《ね》ぐらにしていやがるんだ」

片岡直次郎が眉根を寄せた。

「高輪の中野碩翁の別邸の近くさ。小ぢんまりとした二階家だが、身のまわりの世話や炊《かし》事《き》をする婆さんをおいているぜ」

暗闇の丑松がはしっこそうな笑みを浮かべた。

「中野碩翁や鳥居耀蔵にすれば、あの稚児《ちご》みたいな魔剣使いは、浪人狩りの重要な道具だからな」

森田屋清蔵が盃の酒をぐっとあおった。

「札差の田丸屋千左衛門と江戸財界の重鎮《じゅうちん》連中は、中野碩翁の金集めにあまりよい顔をしねえ。実績を示さねば、浪人狩りの費用はさほどに提供しかねるってわけさ」

「だが、浪人どもは戦々恐々としていやがるぜ。これまでに、浪人狩りがどれだけあったかわからねえからな」

片岡直次郎が頬をゆがめた。

「栗本新之丞の野郎は、上野広小路、両国広小路、湯島天神、富岡八幡宮といった繁華な場所で、すきっ腹をかかえた浪人どもを挑発し、目にもとまらぬ太刀筋で斬って捨てやがる。新之丞の二尺そこその小太刀は、すでに二十人以上の浪人どもの生き血を吸っていやがるぜ。しかも、新之丞の浪人斬りを町方役人どもは見て見ぬふりをしている。浪人どもの斬り合いは、あくまで私闘だ。どちらが死のうと、共倒れになろうと、奉行所としては関係ないってことよ」

「浪人ってやつは、人間の勘定に入っていねえからな」

金子市之丞がいまいましげに口もとをゆがめた。

「禄《ろく》をはなれ、職をうしなった浪人に、食う道はない。いってみれば、江戸の市中をうろつきまわっている垢まみれの浪人どもは、死ぬために生きているようなものさ。気の毒なことにな」

「五千人とも、七千人ともいわれている浪人たちの腹の中は、公儀にたいする怨《うら》みつらみで煮えたぎっているだろうぜ」

河内山宗俊が酒盃を片手にあくの強い眼をぎょろりとさせた。

「取潰《とりつぶ》された五万石以下の小藩は、そのほとんどが公儀の陰湿きわまりない策謀によるものだからな。浪人たちは、公儀の策謀によって自分たちが禄をうしなったと思っているだろうよ。それは、ほとんどがまぎれもない事実だがね」

「浪人どもは、派手にたちまわる栗本新之丞の背後に奉行所がついていることを独特の嗅《きゅう》覚《かく》で知っている。その噂は、風のようにひろがるからな」

金子市之丞が盃に口をつけた。

「深川や本所、浅草などでは、浪人連中がどんどん逃げだしていくそうだ。やつらの行先は、どうせ千住宿、板橋宿、品川宿、内藤新宿あたりだろうさ。盛り場のないところに、浪人ってやつは住めないからな」

「金子市、ところで、奈良林弥七郎はどうなっているかい」

河内山が金子市之丞に顔を振り向けた。

「わがはいは、奈良林弥七郎から切餅（二十五両）十個をあずかっているのだがな」

「栗本新之丞が駿河台・木挽町の奈良林道場に足を運んだといううさわは聞かねえな」

片岡直次郎が河内山宗俊に首を突きだした。

「栗本新之丞は、仇討ちの意識が薄い。父親を撃ち殺された奈良林弥七郎を忘れることはないだろうがね」

金子市之丞が皮肉めいた様子で薄笑った。

「新之丞は大河内道場で代稽古をつとめていた父親の栗本平内が、当時、埃《ほこり》まみれの武芸者だった奈良林弥七郎に倒されたことが契機となって、京の鞍馬山にこもり、乱八流という魔的な剣法を編んだ。諸国をめぐり、さまざまな城下の道場を歴訪し、試合を挑んでいるうちに、新之丞は父親の栗本平内が奈良林弥七郎に敗れたのは、腕が未熟だったからだと悟ったのだろうぜ。だから、江戸に姿をあらわしても、駿河台・木挽町の奈良林道場に新之丞は足を向けなかったのさ」

「なるほどな」

河内山が納得したようにうなずいた。

「さすがは一流の剣術使いだ。金子市は兵法者の心理をしっかり読んでいるぜ」

「もっとも、奈良林弥七郎のほうは、いつ来るかいつ来るかと、栗本新之丞の影に怯《おび》えているだろうがね」

金子市之丞がイカの沖漬《おきづ》けを箸でつまんで口にほうりこんだ。

「いずれにせよ、栗本新之丞がこの世から消えてくれねえことには、奈良林弥七郎からあずかった二百五十両の金は、わがはいのものにならないというわけか」

河内山がいまいましげに鼻を鳴らした。

「河内山、それでも、酒井右京の件じゃ、ずいぶんと中野碩翁からお宝をせしめたんじゃないのか。あの吝嗇《けち》な中野碩翁からな」

森田屋清蔵があくの強い笑みをにじませた。

「まあな」

河内山が小さな笑い声をたてた。

「練塀小路《ねりべいこうじ》のわがはいの屋敷に千両箱を一箱届けてよこしたぜ。なに、酒井右京の口止め料さ。いくら権勢ある碩翁の爺いでも江戸城中に辻斬りの噂をまき散らされたらかなわないだろうぜ」

「河内山、そいつを全部、懐《ふところ》に入れるつもりじゃないだろうな」

金子市之丞が眼のふちにかすかな険を寄せた。

「わがはいは、中野碩翁のごとき吝嗇漢《りんしょくかん》ではないぞ。どうせ、濡れ手に粟《あわ》の千両だ。大《おお》盤振舞《ばんぶるまい》いたそうではないか」

「そうこなくちゃ。さすがは、おいらたちの頭目《とうもく》だ」

暗闇の丑松が眼をかがやかせて指をパチリと鳴らした。

「酒井右京の件は、稲妻の竜の功績大だ。稲妻の竜が待乳山聖天の下の暗がりで、辻斬りにおよんだ酒井右京の斬撃をかわし、あとを尾《つ》けなければ、この件はけっして明るみに出なかったろうさ。竜さんには、たんとはずまなけりゃなるまいぜ」

河内山宗俊が目許《めもと》をなごませた。権力者の悪事をあばき、それを金にすることが、この怪物じみた御数寄屋坊主のいきがいなのかもしれない。

階段を足音があがってくる。

障子を開き、影月竜四郎が座敷に踏み込んできた。双眸に凄まじい光がひらめき、筋肉質の軀に殺気がみなぎっている。

竜四郎は薄茶の縦縞の入った若葉色の着流しのふところから封書をとりだした。左封じの果たし状である。

「丑松、すまんが、こいつを栗本新之丞に届けてくれ。できれば、返辞もほしい」

竜四郎がいった。静かな声になみなみならぬ気迫がこもっていた。

8

待乳山聖天の境内は巨杉にかこまれている。すぐ横を流れる大川から潮の匂いがただよってくる。

この季節、朝の空気は清涼で、じつにすがすがしい。

ほどなく明六《あけ》つ(午前六時)だろう。

東天が薄紅《うすくれない》に染まり、時折り、カケスか、ヒヨドリか、野鳥のさえずりがするどくひびく。

待乳山聖天のさして広くない境内に、乳色の朝靄《あさもや》がわいている。この朝靄も、大川の川風がすぐに吹きはらうだろう。

待乳山聖天の社殿の前に、人影がたたずんでいる。

影月竜四郎である。例によって縞物《しまもの》の着流し姿だ。腰に大小がある。利刀は無銘だが、二尺六寸とかなり長い。

竜四郎はたたずんだまま、塑像《そぞう》のように微動もしない。瞑目《めいもく》している。息づかいは静かで、乱れがない。

月代《さかやき》がいくらか伸び、頬がげっそりして、不精ひげがまばらに生えていた。早朝の上野山の森で、なまった軀を鍛えに鍛えていたのだろう。

幾許《いくばく》か経った。

竜四郎の双眸が爛《らん》と光った。

長い石段をのぼってくる足音があった。ほどなく、若衆髷に濃紫《こむらさき》の中振袖、蘇芳色の陣羽織に朱鞘の大小を落とし差しした栗本新之丞が境内に五尺の軀を運び入れた。

「影月竜四郎どのか」

栗本新之丞の透明感のある声がひびいた。

「いかにも」

竜四郎が気配ほど腰を落とした。双眸からはなたれる視線が針のようにするどい。が、殺気は内に秘《ひ》めている。

「朝比奈祐一郎を存じておるな」

竜四郎は栗本新之丞を睨みつけた。痩軀から気迫がほとばしる。

「そなたに斬られた。さしたる理由もなくな」

「真剣手合いを挑んだまでのこと。他人《ひと》からとやかくいわれる筋合《すじあ》いはござらぬ」

栗本新之丞の妖しいまでの美貌に蔑《さげす》みの色が生じた。

「待ち伏せして、か」

竜四郎の語気が烈しい。

「祐一郎はなにゆえ、そなたと立ち合わなければならぬのか、わからなかった。そなたの身勝手にもほどがあるわ」

「身勝手？」

栗本新之丞の眼が白く凍った。身勝手と決めつけられて、怒りがこみあげてきたのだろう。

「それがしは、身勝手ではない。朝比奈祐一郎とは真剣で立ち合わなければならぬ理由があったのだ」

「瀬里奈楼の夕霧に袖にされた腹いせか、聞いて呆《あき》れるわ」

「いうな!!」

栗本新之丞の声がするどくなった。

「影月竜四郎、参るぞ!!」

「応!!」

竜四郎は利刀の鯉口を切ると、腰を落とし、憤然と地を蹴った。竜四郎の軀が栗本新之丞めがけて疾風《しっぷう》のように肉薄した。

同時に、栗本新之丞が二尺の剣をするどく抜きはなった。竜四郎の攻撃は計算ずみなのだろう。目鼻の冴えの美しい貌《かお》に余裕がうかがえる。

竜四郎は抜刀田宮流居合いの構えのまま新之丞に驀直《ばくちょく》していく。ある意味には無謀《むぼう》かもしれない。なぜなら、栗本新之丞の星眼の太刀は、どのように変幻するかわからぬ無気味さをはらんでいるのだ。

竜四郎の捨身の驀直は、新之丞の剣技を無視した接近といえるだろう。

竜四郎が刀を抜きはなった。抜いたのは脇差しであった。その脇差しが水晶のきらめきをはなちつつ、奔出して、新之丞の喉もとするどく飛んだのだった。

意表を突かれた新之丞は竜四郎の投げた脇差しを夢中で払うや、空中高く躍動した。

利那《せつな》、竜四郎の二尺六寸の利刀が天頂《てんちょう》を斬《き》り裂くかのように下から上へ大きく弦弧《げんこ》を描いたのである。竜四郎はふくらはぎをのびあがらせ、背筋をしならせて利刀をふるったのだった。

二尺六寸の利刀の刃先は新之丞の股間を斬り裂いた。鼠《ねずみ》色に浅黄《あさぎ》の鮫《さめ》小紋《こもん》の袴が断ち切られ、深紅の血汐がすさまじい勢いで噴出した。

栗本新之丞は鮮血にまみれて落下した。魔的なまでの美貌には、信じられないような形相が凍りついていた。

竜四郎は待乳山聖天の境内に倒れ伏す血まみれの栗本新之丞をながめつつ、野太い吐息をついた。全身に、汗が滝のように流れている。全力を出しつくしたにちがいない。

上野山の森で、竜四郎は栗本新之丞がどれほど跳躍するかを考えぬいていたのである。居合いの場合は、腰を落として相手に肉薄する。だから新之丞は思いきり高く跳ぶはずだ。

竜四郎はそう確信したのだった。そして、その予測がずばり適中したのである。連日上野山で鍛えた成果というものであろう。

高く跳べば跳ぶほど、着地に時間がかかる。空中に躍動しているときは、防御力が極端に弱くなり、斬られる確率が増すはずである。

竜四郎はこうして栗本新之丞の速度と跳躍力に対する工夫を編みだしたのだ。

境内の掃除に出てきた小坊主に金五両をわたすと、竜四郎は待乳山聖天の境内から足速やにさった。

折しも、うまれたての太陽が東天に昇りはじめた。陽光をはじいて、大川の水面がにび色のきらめきをはなっていた。

ややあって、境内をとりかこむ巨杉の幹の陰から二つの人影がのっそりあらわれた。河内山宗俊と金子市之丞である。

「凄まじい斬り合いだったな」

河内山宗俊は吐息まじりに首筋へ掌をあてがった。さしもの豪胆な男も、真剣勝負の息づまる迫力に圧倒されたようであった。

「紙一重《かみひとえ》ってやつさ」

金子市之丞があごを引いた。

「ただ、稲妻の竜は真剣に栗本新之丞の乱八流の剣技を研究した。栗本新之丞はおそらく、無意識だろうが、おのれの腕を過信したのかもしれぬ。過剰な自信ほど恐いものはない。相手をあなどってしまうからな」

「ともかく、稲妻の竜が勝ってくれてよかったわい」

河内山が脂濃《あぶらこ》い笑みを浮かべた。

「これで、奈良林弥七郎からあずかった二百五十両は、返さずともよくなったってわけだ。山吹色のお宝は、いくらあってもよいものさ」

「河内山、美貌の魔剣士と酒井右京の辻斬りのおかげで、ずいぶんとふところが潤沢《じゅんたく》になったじゃないか。おまえさんにとって、二人は福の神かもしれねえよ」

金子市之丞が目尻に皮肉めいた笑みをにじませた。

「どれ、行こうか」

河内山宗俊が懐手《ふところで》で、にたりと笑った。

「今宵は吉原の大口屋にでもくりこもう。三千歳もさびしがっているだろうしな」

「稲妻の竜か」

金子市之丞の眼がにぶく光った。

「影月竜四郎は自分がさほどのものではないということを知っている。だから、強いのだろう。乾坤一擲《けんこんいってき》の勝負に命をかけられるからな」

河内山宗俊と金子市之丞が待乳山聖天の石段をおりはじめた。

栗本新之丞は、まだ血だまりのなかに倒れ伏している。

乱れ菩薩

一〇〇字書評

切り取り線

購買動機（新聞、雑誌名を記入するか、あるいは○をつけてください）	
□（　　　　）の広告を見て	
□（　　　　）の書評を見て	
□ 知人のすすめで	□ タイトルに惹かれて
□ カバーがよかったから	□ 内容が面白そうだから
□ 好きな作家だから	□ 好きな分野の本だから

●最近、最も感銘を受けた作品名をお書きください

●あなたのお好きな作家名をお書きください

●その他、ご要望がありましたらお書きください

住所					
氏名		職業		年齢	
Eメール			新刊情報等のメール配信を 希望する・しない		

あなたにお願い

この本をお読みになって、どんな感想をお持ちでしょうか。

この「一〇〇字書評」を私までいただけたらありがたく存じます。今後の企画の参考にさせていただきます。

あなたの「一〇〇字書評」は新聞・雑誌などを通じて紹介させていただくことがあります。そして、その場合はお礼として、特製図書カードを差し上げます。

前頁の原稿用紙に書評をお書きのうえ、このページを切りとり、左記へお送りください。Eメールでもお受けいたします。

〒一〇一-八七〇一
東京都千代田区神田神保町三-六-五
九段尚学ビル　祥伝社
祥伝社文庫編集長　加藤　淳
☎〇三（三二六五）二〇八〇
bunko@shodensha.co.jp

祥伝社文庫

上質のエンターテインメントを！　珠玉のエスプリを！

祥伝社文庫は創刊15周年を迎える2000年を機に、ここに新たな宣言をいたします。いつの世にも変わらない価値観、つまり「豊かな心」「深い知恵」「大きな楽しみ」に満ちた作品を厳選し、次代を拓く書下ろし作品を大胆に起用し、読者の皆様の心に響く文庫を目指します。どうぞご意見、ご希望を編集部までお寄せくださるよう、お願いいたします。

2000年1月1日　　祥伝社文庫編集部

乱《みだ》れ菩薩《ぼさつ》　闇斬《やみぎ》り竜四郎《りゅうしろう》　長編時代官能小説

平成15年6月20日　初版第1刷発行
平成15年7月30日　　　第2刷発行

著者　谷《たに》　恒《こう》生《せい》

発行者　渡辺起知夫

発行所　祥《しょう》伝《でん》社《しゃ》
東京都千代田区神田神保町3-6-5
九段尚学ビル　〒101-8701
☎03（3265）2081（販売部）
☎03（3265）2080（編集部）
☎03（3265）3622（業務部）

印刷所　萩原印刷

製本所　豊文社

造本には十分注意しておりますが、万一、落丁、乱丁などの不良品がありましたら、「業務部」あてにお送り下さい。送料小社負担にてお取り替えいたします。

ISBN4-396-33110-X　C0193

祥伝社のホームページ・http://www.shodensha.co.jp/

祥伝社文庫

佐伯泰英

火頭《かとう》 密命・紅蓮《ぐれん》剣

江戸の町を騒がす連続火付、焼け跡には〝火頭の歌右衛門〟の名が。大岡越前守に代わって金杉惣三郎立つ！

佐伯泰英

兇刃《きようじん》 密命・一期一殺

旧藩主から救いを求める使者が。立ち上がった金杉惣三郎に襲いかかる影、謎の〝一期一殺剣〟とは？

佐伯泰英

初陣《ういじん》 密命・霜夜《そうや》炎《ほむら》返し

将軍吉宗が「享保剣術大試合」開催を命じた。諸国から集まる剣術家の中に、金杉惣三郎父子を狙う刺客が！

佐伯泰英

悲恋 密命・尾張柳生剣

「享保剣術大試合」が新たなる遺恨を生んだ。娘の純情を踏みにじる悪辣な罠に、惣三郎の怒りの剣が爆裂。

佐伯泰英

秘剣雪割り 悪松《わるまつ》・棄郷編

新シリーズ発進！ 父を殺された天涯孤独な若者が、決死の修行で会得した必殺の剣法とは!?

佐伯泰英

秘剣瀑流《ばくりゆう》返し 悪松・対決「鎌鼬《かまいたち》」

一松を騙る非道の敵が現われた。さらには大藩薩摩も刺客を放った。追われる一松は新たな秘剣で敵に挑む

祥伝社文庫

鳥羽 亮　**鬼哭《きこく》の剣** 介錯人《かいしゃくにん》・野晒《のざらし》唐十郎

将軍家拝領の名刀が、連続辻斬りに使われた？ 事件に巻き込まれた唐十郎の血臭漂う居合斬りの神髄！

鳥羽 亮　**妖《あや》し陽炎《かげろう》の剣** 介錯人・野晒唐十郎

大塩平八郎の残党を名乗る盗賊団、その陰で連続する辻斬り…小宮山《こみやま》流居合の達人・野晒唐十郎を狙う陽炎の剣！

鳥羽 亮　**妖鬼飛蝶の剣** 介錯人・野晒唐十郎

小宮山流居合の奥義・鬼哭の剣を封じる妖剣〝飛蝶の剣〟現わる！ 野晒唐十郎に秘策はあるのか!?

鳥羽 亮　**双蛇《そうじゃ》の剣** 介錯人・野晒唐十郎

鞭の如くしなり、蛇《くちなわ》の如くからみつく邪剣が、唐十郎に襲いかかる！ 疾走感溢れる、これぞ痛快時代小説

鳥羽 亮　**必殺剣「二胴《ふたつどう》」**

お家騒動に巻き込まれた小野寺佐内の仲間が次々と剛剣「二胴《ふたつどう》」に屠《ほふ》られる。佐内の富田流居合に秘策は？

鳥羽 亮　**雷神の剣** 介錯人・野晒唐十郎

盗まれた名刀を探しに東海道を下る唐十郎に立ちはだかるのは、剣を断ち、頭蓋まで砕く「雷神の剣」だった。

祥伝社文庫

鳥羽 亮　悲恋斬り 介錯人・野晒唐十郎

御前試合で兄を打ち負かした許嫁《いいなずけ》を介錯して欲しいと唐十郎に頼む娘。その真相は？　シリーズ初の連作集。

鳥羽 亮　飛龍の剣 介錯人・野晒唐十郎

妖刀「月華」を護《まも》り、中山道を進む唐十郎。敵方の策略により、街道筋の剣客が次々と立ち向かってくる！

鳥羽 亮　妖剣おぼろ返し 介錯人・野晒唐十郎

かつての門弟の御家騒動に巻き込まれた唐十郎。敵方の居合い最強の武者・市子畝三郎の妖剣が迫る！

鳥羽 亮　覇剣 武蔵と柳生兵庫助

時代に遅れて来た武蔵が、新時代に覇を唱える柳生新陰流に挑む。かつてない視点から描く剣豪小説の白眉。

黒崎裕一郎　必殺闇同心

あの〝必殺〟が帰ってきた。南町奉行所の閑職・仙波直次郎は心抜流居合術で世にはびこる悪を斬る！

黒崎裕一郎　必殺闇同心 人身御供《ひとみごくう》

唸る心抜流居合。「物欲・色欲の亡者、許すまじ！」闇の殺し人が幕閣と豪商の悪を暴く必殺シリーズ！

祥伝社文庫

永井義男
阿哥《あご》の剣法 よろず請負い
奇抜な剣を操る男・阿郷十四郎。清朝帝の血を継ぎ、倭寇に端を発する阿哥流継承者の剣が走る！

永井義男
影の剣法 請負い人阿郷十四郎
十四郎が用心棒を引き受ける四谷の道場に、「倭寇」伝来の中国殺剣を操る刺客が現われた！

永井義男
辻斬り始末 請負い人阿郷十四郎
倭寇伝来の剣を操るよろず請負い人阿郷十四郎に宝剣奪還の依頼が来る。だがそれは幕府を揺るがす剣だった。

半村 良
完本 妖星伝1 鬼道の巻・外道の巻
神道とともに発生し、歴史の闇に暗躍する異端の集団、鬼道衆。吉宗退位を機に、跳梁する！ 大河伝記巨編第一巻！

半村 良
完本 妖星伝2 神道の巻・黄道の巻
徳川政権の混乱・腐敗を狙い、田沼意次に加担する鬼道衆。大飢饉と百姓一揆の数々に、復活した盟主外道皇帝とは？

半村 良
完本 妖星伝3 終巻 天道の巻・人道の巻・魔道の巻
鬼道衆の思惑どおり退廃に陥った江戸中期の日本。二〇年の歳月をかけ鬼才がたどり着いた人類と宇宙の摂理！

祥伝社文庫・黄金文庫　今月の新刊

北森　鴻《こう》　屋上物語
デパートの屋上で起こる難事件をさくら婆《ば》ァが名推理

結城信孝編　翠《すい》迷宮
切なさが謎を呼ぶ。愛と殺意のアンソロジー

南　英男　悪党社員　反撃
家族のため、自らダーティとなり男は立ち上がる！

藍川　京　蜜《みつ》化《げ》粧《しょう》
乱れる肢体、喘ぐ声。心と裏腹の美しき人妻の痴態

谷　恒生　乱れ菩《ぼ》薩《さつ》　闇斬り竜四郎
男も惚れる美剣士の凶刃竜四郎に危機が迫る！

睦月影郎　おんな秘帖
女体のすべてを描きたい！十八歳童貞絵師の女人探訪

雲村俊慥　大江戸怪盗伝
大胆不敵！　大名屋敷・江戸城を襲う英雄たち

立石　優　金儲けの真髄　范《はん》蠡《れい》16条
中国・越の名軍師が教える今を生きるビジネスの奥義

田中　聡　元祖探訪　東京ことはじめ
文明開化は銀座のあんぱんから始まった

井沢元彦　激論　歴史の嘘と真実
歴史の〝教科書〟的常識を打ち破る画期的対談集